闇の水脈

麻布署生活安全課 小栗烈 Ⅲ

浜田文人

ハルキ文庫

JN252755

角川春樹事務所

闇の水脈

麻布署生活安全課 小栗烈 III

【主な登場人物】

小栗　烈（あきら）　（38）　麻布署生活安全課保安係　巡査長
近藤　隆（たかし）　（53）　麻布署生活安全課保安係　警部補
福西　宙（ひろし）　（26）　同　巡査
花摘（はなつみ）　詩織（しおり）　（43）　バー『花摘』　経営者
石井　聡（さとし）　（41）　『ゴールドウェブ』　代表取締役
城之内　六三（むつみ）　（35）　『六三企画』　代表
平野　祐希（ゆき）　（29）　ショーパブ『カモン』　マネージャー
岩屋　雄三（ゆうぞう）　（55）　麻布署刑事課捜査一係　巡査部長

エレベーターの扉が開き、四人の女がフロアに出た。足取りが軽い。身なりはまちまちでも、笑うと皆がおなじ顔に見えた。

女らは受付カウンターで身分証を手にした。店のスタッフが提示を求めたのか、そうすることで特典を受けられるのか。

小栗烈（おぐりあきら）は女らのうしろを素通りした。

ヒップホップのサウンドが鳴り響く。赤色や緑色の光線が暗い空間を切り裂いた。

クラブ『Gスポット』のフロアで三、四十人が踊っている。ソファに人はまばらだ。平日の夜はそんなもので、終電の時刻が迫れば客の数は半分になるだろう。それでも『Gスポット』は明け方まで営業を続ける。ことし六月に改正風俗営業法が施行され、ダンスクラブは〈特定遊興飲食店〉として深夜営業が認められた。

小栗は入口近くのカウンターにもたれ、煙草（タバコ）をくわえた。

「助かりました」

耳元で声がした。

クラブ『Gスポット』の店長だ。オールバックの髪は濡れたように光っている。眉は太く、鼻孔はおおきい。タラコのようなくちびるもふくめて大雑把な造作だが、四角い顔にバランスよく収まっている。黒のダブルのスーツを着ていても腹の出っ張りがわかる。

「夜遅く無理をお願いして、申し訳ないです」

店長が丁寧に言い添えた。

「平和じゃないか」

小栗はフロアにむかって顎をしゃくった。

店長が眉をひそめ、顔の前で手のひらをふった。

電話をよこしたときもおなじ顔をしていたのか。

——小栗さん、お願いです。ちょっとだけ顔を見せていただけませんか——

すがるような声音だった。

「険悪な雰囲気なんです」

「雰囲気で俺を呼びつけるな」

ぞんざいに言い、煙草をふかした。

「騒動がおきてからでは……とにかく様子を見てください」

「先に飲ませろ」

反転して円形のスツールに腰をかけた。左腕で頬杖をつく。

「水割りでいいですか」

「濃いのを頼む」

店長がバーテンダーに声をかけ、視線を戻した。

「ＶＩＰルームにわがままな客がいまして」声をひそめた。「踊っていた子らを強引に部屋に誘ったようです」

「で、連れの男ともめたわけか」

「連れではなく、顔見知りのようで。その人が怒りだして。いまはなんとかなだめている状況です」

店長がため息をつく。人たらしのくせ者だが、演技ではなさそうだ。

「そっちの野郎の素性もわかっているようだな」

「ええ」太い眉がさがった。「やくざではないのですが」

「半グレか」

深夜営業が認められて、半グレ連中が息を吹き返した。六本木のクラブはいざこざが絶えず、ドラッグ常用者の巣になった。

小栗はグラスを持った。好みのシングルモルトだ。冷えた液体が咽（のど）を刺激する。

「半グレならケツ持ちに頼め」

クラブ『Ｇスポット』は金竜会（きんりゅうかい）若頭補佐の郡司（ぐんじ）が守りをしている。

「それが」

店長が語尾を沈め、目を伏せた。

「郡司と縁のある男か」

「ええ、まあ」店長が顔をあげる。「お願いです。恩に着ます」

「ふん」

小栗は視線をずらした。

先ほどからカウンターにもたれる男が気になっていた。

白のオープンシャツに黒っぽいスーツ。中肉中背、歳は四十半ばか。スポーツ刈りの下の額は狭く、浅黒い顔の真ん中はサングラスで隠れている。

「おまえのうしろにいる男は常連か」

店長がちらっとふりむいた。

「いいえ。初めて見る顔です。あの人がなにか」

小栗は答えずにグラスをあおった。

黒のベストを着た若者が近づいてきた。顔が強張(こわば)っている。

「どうした」

店長の声がひきつった。

若いスタッフがＶＩＰルームの扉を開けた。

小栗は、店長のあとから入った。

男が灰皿をふりかざしている。

「やめろ」ソファに押さえつけられている男が叫んだ。「やめてくれ」

馬乗りになる男が灰皿を投げる。壁にあたり、吸殻が散らばった。

床には二人の男が這いつくばっていた。どちらも顔から血を流している。もはや抵抗する気力はなさそうだ。部屋の隅に女が二人。抱き合うように立っている。どちらも三十歳前後か。顔は青ざめ、長い睫毛がふるえている。

店長がソファに近づいた。

「六三さん、お願いです。店での面倒は……」

「うるせえ」

馬乗りになる男がひと声放ち、眼下の男の襟首をつかんだ。床に引きずりおとす。

「土下座せんかい」

きつい関西弁だ。が、目は笑っている。

「自分が、お詫びします」

這いつくばる男があわてて身をおこし、正座に構える。

六三と呼ばれた男が脚を伸ばした。

「うっ」

男がうめき、両手を胸元にあてた。

「ひっこんどれ。おどれのつむじなど見とうもないわ」

店長がふりむいた。

「小栗さん。止めてください」

「やらせておけ。手間がはぶける」

小栗はかたわらの補助椅子に座り、煙草をくわえた。

城之内六三とは縁がある。二か月前には城之内のオフィスで刺青を見せられた。背に枝垂桜が咲き乱れ、中央で天女が舞っていた。城之内は神戸に本家を構える神俠会の幹部の身内で、おなじ系列である金竜会の郡司が面倒を見ている。

土下座を強要されているのは俳優の塚原安志だ。テレビドラマに興味はないが、DVDはよく見る。塚原は主役級の俳優で、世代の垣根を越えて人気がある。間近で見ると、顔一面に無数の皺が走っていた。

「そんな」

店長が眉尻をさげる。目がせわしなく動いた。

「ただ見はあかんやろ」城之内がにやりとした。「スターに失礼や」

「気にするな。俺が目撃すれば証言を取る必要がなくなる」

本音だ。ここにいる者は城之内と塚原の両方に気遣って証言をためらうだろう。塚原の関係者は世間体と風評を気にして証言を拒むおそれもある。

「君は」塚原が声を発した。「刑事なのか」

とがめるようなもの言いだった。ブラウンのシャツにオフホワイトのスーツ。エリメルの靴は片方が脱げていた。

「麻布署の者だ。仇（かたき）は取ってやる」

煙草をふかし、テーブルのグラスを手にした。シャンパンだった。

「ばかなことを」塚原の声が元気になった。「早くこいつを逮捕しろ」

「罪状は」

「見ればわかるだろう。二人が怪我（けが）をした。わたしも……」

声が切れ、うめき声がもれた。

塚原が両手で顔を覆う。城之内の膝が塚原の顔面を直撃したのだ。指の隙間から血がぽたぽたと垂れ、塚原のズボンを汚した。

正座をした男が塚原にすり寄る。塚原にハンカチを渡し、小栗を見た。

「刑事さん、早く捕まえてください」

小栗は座ったまま口をひらいた。

「塚原さん、事件にしていいのか」

芸能人やスポーツ選手は己の身におきた事件が公になるのをおそれる。これまでも似たような事件がおきた。が、大半は起訴に至らず、和解で収束した。

塚原の瞳がゆれた。判断がつきかねているのだ。

「店長」城之内が声を発した。「週刊誌の記者らに声をかけろ。カメラマンをよこせば、塚原が記者会見をすると言え」

「冗談じゃない」塚原の声が裏返った。目の玉はこぼれおちそうだ。「店長、やめさせろ。わたしは上客じゃないか」

「それは重々承知しています」店長が真顔で答え、視線を移した。「小栗さん、どうしたものでしょう」

「知るか」

投げやりに言った。

「あほくさ。わいはいぬ」城之内が立ちあがり、小栗に声をかける。「逃げも隠れもせん。結論がでたら連絡せえ。麻布署でも桜田門でもでむいたる」

城之内が扉に手をかけた。

誰も引き止めなかった。城之内の背を見る者さえいなかった。

「待て」

小栗のひと言に、城之内がふりむいた。

「治療費くらい置いて行け」

「罪を認めることになる」城之内は肩をすぼめたあとポケットをさぐり、万札の束を投げた。十万円か。「スチームアイロンを買えや。面の皺を伸ばさんかい」

城之内が消えた。

小栗はグラスをあおった。

シャンパンはすっかり気がぬけていた。

★　★

欅の枝がやわらかな陽光にきらめいた。小枝を渡るＬＥＤ電球が乱反射している。夜になれば、六本木けやき坂は青白い灯に包まれ、カップルの散歩道になる。

小栗は、坂を降りきったところにあるカフェテラスに入った。

折り戸パネルは閉じてある。そのかたわらの席に男がいた。麻布署生活安全課保安係の近藤隆。小栗の上司だ。寝起きの贅沢な時間を邪魔された。SADEの『DIAMOND LIFE』を聴きながらコーヒーを飲んでいるとき、携帯電話が鳴った。

近藤の表情がさえない。不機嫌そうにも見える。

「朝っぱらから奥さんと喧嘩ですか」

「くだらんことをぬかすな。はやく座れ」

小栗は煙草とライターをテーブルに載せ、コットンのダッフルコートを脱いだ。ダッフルコートは好んで着るけれど、ウールは肩が凝るので寒風が吹く日以外はコットンのそれを愛用している。近藤の正面に座り、ウェートレスにコーヒーを頼んだ。

視線を戻したときにはもう、近藤は小栗の煙草を指にはさんでいた。

「いま、なにをしてる」

近藤が訊いた。

「日報を読めばわかるでしょう」

「読む気がせん。手抜きだらけで、それも、福西の代筆じゃないか」

おっしゃるとおりだ。いつまで経ってもパソコンにはなじめない。捜査状況報告書や犯罪報告書などの作成は同僚の福西宙に丸投げしている。

煙草をくわえ、火をつける。店内を見渡した。周囲を確認しておくのは長い習慣になった。先客は三組。おなじ列に女が三人、奥にカップルと男二人が座っている。

「仕事が舞い込んだ」

近藤の声に、視線を戻した。

「仕事ならやっています」

「点数になるのか」

「巡回と情報収集。日々の努力が点数につながる」

「努力だと」近藤の眉がはねた。「怠け者がなにをぬかす」

「はいはい。で、どんな仕事ですか」

ウェートレスがコーヒーを運んできた。

ひと口飲んで、煙草をふかした。贅沢な時間がなつかしい。

「麻薬取締官（マトリ）に協力しろ」

「はあ」

手にしたカップからコーヒーがこぼれそうになった。

麻薬取締官は厚生労働省の地方厚生局の所属で、彼らの業務内容は警察の麻薬担当部署の捜査とほとんど変わらない。拳銃の携帯も許可されている。

「どうして俺なんです」小栗は声を強めた。「六階に頼むのが筋でしょう」

麻布署の六階は組織犯罪対策課のフロアだ。薬物事案は五係の担当である。

「お気に召さんらしい」

近藤が言った。

「誰が」

「吉野（よしの）参事官だ」

吉野哲晴（てつはる）は警察官僚だ。四十二歳。警察庁から出向し、警視庁組織犯罪対策部の参事官を務め、二か月前に設置した覚醒剤撲滅専従班の指揮を執っている。設置直後に発生した警察官射殺事件では捜査本部長にも就いた。本人の強い要望によるものだった。

――麻布署の悪評は聞くに堪えない。わたしが専従班の指揮を引き受けた理由はそこにある。腐敗の一掃と組織改革……麻布署をモデルケースにする――

そう公言し、舌の根の乾かぬ内の凶行に我慢がならなかったのだ。射殺されたのは麻布署組織犯罪対策課の課長で、暴力団の大原組長と深い関係にあった。犯人の深谷は麻布署の元警察官で、大原の乾分だった。深谷は犯行前に組織から絶縁処分を受けていたが、罪状否認の大原も起訴に持ち込み、捜査本部は解散した。

「参事官はおまえを諦めていないようだ」

「迷惑な」

覚醒剤撲滅専従班への参加を命じられたが、応じなかった。正確にいえば、吉野と口論になり、捨て台詞を残してその場を去った。それきりになっていた。

「そう言うな」近藤がなだめるように言う。「参事官の命令には逆らえん」

「また衝突しますよ」

「その心配はない。厚生局からの協力要請で、参事官は捜査にかかわらないそうだ」

「それならことわれるでしょう」

近藤が手のひらをふった。

「麻薬取締官がおまえを指名したらしい」

「……」

声がでなかった。突飛な話の連続に頭がついて行けない。

「とにかく、会え」

「それで係長の顔が立つのなら……そのあとのことは保証しませんが」

「株屋みたいなことを言うな」

株を買っているのですか。言いかけて、やめた。

近藤が煙草を消し、店内に視線をむける。

「いつ会えばいいのですか」

質問を無視し、近藤が奥のほうにむかって手を挙げる。

小栗も視線をふった。

男二人の席の、背をむけていたほうが立ちあがり、こちらをむいた。

「ん」

思わず声が洩れた。見たような気がする。が、思いだせなかった。

男が近づいてくる。連れは席に残った。黒っぽいズボンに茶色と辛子色の格子柄のジャケットを着て、左手に褐色のコートをさげている。

そばまで来て、男が近藤に話しかけた。

「待ちくたびれました」慇懃（いんぎん）に言う。「自分の部下なのに説得していたのですか」

「わがままな部下でね」

苦笑まじりに答え、近藤が顔をむけた。

「麻薬取締官の光山洋（みつやまひろし）さんだ」男にも声をかける。「うちの小栗烈です」

「よろしく」

光山がとってつけたように言った。コートを椅子の背にかけて腰をおろす。

小栗は名刺を渡した。そうしなければ光山の名刺をもらえないような気がした。

光山が面倒くさそうにジャケットの懐に手を入れる。

名刺には〈厚生労働省　関東信越厚生局麻薬取締部　取締官　光山洋〉とある。

小栗は左手の親指をうしろにむけた。

「あちらは同僚ですか」

「部下だ」

光山は表情ひとつ変えない。気取っているのか、傲慢なのか。

考えたところで意味がない。どうせ相手の気質に合わせることはできないのだ。そりが合わなければ無視する。これまでもそうしてきた。だが、いまは我慢だ。近藤が眉をひそめて様子を窺（うかが）っている。

光山がウェートレスを呼び、ロイヤルミルクティーを注文した。

そのあいだ、小栗はじっと光山を見つめていた。

「思いだしたか」

不意に言われ、小栗は目をしばたたいた。

「君はもの覚えが悪いのか」

「頭も悪い」

小栗はそっけなく返し、あたらしい煙草を喫いつけた。

流れる紫煙を見て、光山が顔をしかめた。初めて見る感情の露出だった。が、喫煙はとがめられなかった。

「近藤さん」光山が言う。「この先は差しで話したい」

「いいでしょう」

近藤が素直に応じ、席を立った。

光山がゆっくりとした動作でロイヤルミルクティーを飲む。

小栗は街路のほうを眺めながら煙草をふかした。

「六本木のGスポットで何をしていた」

声がして、顔のむきを戻した。光山が薄く笑う。ようやく思いだした。サングラスをかけていないのでわからなかった。

光山が言葉をたした。

「君は店長と話していた。そのあと、VIPルームに入った」

「あんたは」

雑なもの言いになった。近藤は消えた。虫の好かない野郎を相手に丁寧語で話せば不快感が溜まる。あげく、席を蹴りたくなる。

「訊いているのはわたしだ。VIPルームで何をしていた」

「喧嘩の仲裁よ」

「冗談はやめなさい」光山が声を強めた。蔑むようなまなざしだ。「塚原の顔は腫れていた。付き人の二人も……先に出てきた男は何者だ。やくざか」

「知らん。初めて見る顔だった」

とぼけた。とっさのうそもすらすらでる。

「そんなわけがない。店長に事情を聞いたはずだ」

「俺はものぐさでね。よけいな仕事はしない」

「わたしを怒らせたいのか」光山が目に角を立てる。「礼儀知らずとは聞いていたが、ほんとうにひどいな」

「ほかをあたるか」

「そうはいかん。わたしは参事官に筋をとおした」

「俺の上司は近藤係長だ。参事官には恩も義理もない」

「粋がるのはやめたまえ。参事官の命令には逆らえないのだ。わたしを気に入らないとしても、捜査に協力するしかない」

「嫌われ者を自覚してるのか」

「ばかな」

光山が口元をゆがめた。

こみあがる感情を必死に堪えているふうにも見える。参事官の顔を気にしているのか。ほかに理由があるのか。推察はひろがらない。どうでもいい。話を先に進めた。

「塚原はあんたの的か」

「先に答えなさい。額に傷のある男は何者だ」

城之内の生え際には三センチほどの裂傷痕がある。

「城之内六三。関西からの流れ者だ。あとは自分で調べろ」

「警察データに載っているのか」

「ああ」

小栗はカップを手にした。コーヒーは冷め、苦みがきつくなっていた。すすぐようにして水を飲み、煙草をふかした。

光山が話しかける。

「城之内という男が塚原と付き人の二人を痛めつけた」

「そのようだ。が、視認はしてない。俺が入ったときは三人とも倒れていた」

「なぜ逮捕しなかった」

「話を聞いてないのか」小栗は顔を近づけた。「殴ったところは見てないんだ。塚原も連れの男らも城之内に殴られたとは言わなかった」

「ふーん」光山が椅子にもたれた。目をつむり、首をまわす。やがて口をひらいた。「初顔というのはうそだな」

「認める。以前、捜査の過程で城之内に接触した」

「どんな事案だ」

「忘れた。それに、捜査対象者の関係者というだけで、城之内に嫌疑はなかった」

「話したくなければそれでもかまわん。しかし、わたしの下にいるあいだ、君のわがままは許さない」

「君、君と、俺は玉子か」

「……」

光山があんぐりとした。

小栗は腕の時計を見た。腰がうきかけている。

「約束がある。あんたがかかえている事案を教えろ」

「的は塚原安志だ。二か月前から張りついている」

小栗は頷いた。想像どおりだ。そうでなければ光山が『Gスポット』の話を持ちだすわけがない。城之内を知らなかったのだから、監視対象者は塚原ということになる。それにしても運が悪い。店長からの電話は無視すればよかった。『Gスポット』にでむかなければ光山に目をつけられなかった。

光山が姿勢を戻した。

「塚原は元麻布のマンションに出入りしている。そこに塚原があらわれたら連絡する。君の任務はマンションに張りつき、出てきた塚原を尾行することだ」

「それだけか」

「いまのところは。必要が生じたら指示する」

「緊急出動には対応できん。署には車を確保しておく余裕がない」

「わたしが手配する。夕方までには署に届けさせる」

小栗は首をすくめた。やるしかなさそうだ。

「塚原の情報がほしい」

光山が視線をずらした。

「久保くん」奥にむかって声をあげた。「こっちにきなさい」

光山と同席していた男が近づいてきた。

三十歳前後か。濃紺色のジャンパーに黄土色のコットンパンツ。紺色のスニーカーを履き、右手にちいさめのデイパックを持っている。側頭部を刈り上げ、前髪を垂らす様は街で見かける若者と変わらない。端正な顔立ちと、澄んだ目は育ちのよさを感じさせる。

男は小栗のそばに立ち、背筋を伸ばした。

「光山の部下の久保です」

受け取った名刺には〈久保利也〉とあった。

「麻布署生活安全課の小栗です」

やさしく返した。

久保が近藤のいた席に腰をおろした。

「資料を」

光山に言われ、久保がデイパックのファスナーを開けた。茶封筒を手にする。

それを受け取り、光山が話しかける。

「これまでの捜査状況と塚原に関する情報だ」

「的は塚原ひとりか」

小栗は受け取った封筒を開けようとした。

それを光山が制した。

「あとで読みなさい」ひと息ついた。「もちろん、塚原と接した売人も監視対象者だ。塚原に近い芸能人やスポーツ選手も視野に入れている。だが、君の相手は塚原ひとり。情報を知る者はすくないほうがいい。君もそのほうが楽だろう」

光山がよどみなく喋った。

小栗は頷いた。異論も反論もない。

「教えろ。どうして俺なんだ」

「君は警察内部に人脈がない。不正のうわさも聞かなかった」

「調べたのか」

「君に関する知識は吉野参事官に教わった」

「あの人の情報は間違っているかもしれんぞ」

吉野とのやりとりを思いだした。

――どうして俺に声をかけたのですか――

――……君は一匹狼だろう――

――狼はごめんです――

――群れを離れた狼は死ぬか……君は署内に人脈を持ってない。不正のうわさはないし、たちの悪いしがらみもなさそうだ。で、目をつけた――

――俺にはむりです――

――君にも仲間意識があるのか――

――さあ……――

そのあと口論になった。

光山が口をひらく。

「鵜呑みにしたわけではない。これからは自分の目で見て判断する」

「俺を使うのはそのあとにしたらどうだ」

「時間がない。それに、組織犯罪対策課の連中は信用できない。とくに麻布署の連中はひどい。こっちの情報がだだ洩れになった苦い経験がある」

「よくある話だ」

こともなげに言った。

「塚原は長年の獲物だ。失敗は許されん」

光山の眼光が増した。

「二か月前じゃないのか」

「三年前も逮捕寸前まで追い詰めた。だが、元プロ野球選手が現行犯逮捕され、その男と親交のあった塚原が警戒し始めた。覚醒剤をやめたとは思わなかったが、目をつけていた売人との接触を断ち、捜査は頓挫した」くやしそうに言う。「ことしの夏に塚原が元麻布のマンションに出入りしているとの情報を手に入れた。で、二か月前から本格的に内偵捜査を再開したというわけだ」

よくやるよ。軽口を叩きそうになった。小栗にはとてもまねができない。

「君は久保と組ませる」

「ことわる」言下に答えた。「俺は気分屋だ。あれこれ制約を受けると、やる気をなくす。必要なときは相棒を使う」

「同僚の福西か。それとも、地域課の南島か」

「南島はむりだ。地域課の許可が要る」

「いいだろう」

光山がシャツの胸ポケットに指を入れた。

渡されたメモ用紙には数字が書いてある。

「わたしの携帯電話の番号だ。何時でもかまわないが、でないときはショートメールを送れば、折り返し連絡する」

小栗はセカンドバッグから手帳を取りだし、ペンを持った。

「必要ない。君の携帯電話の番号は頭にある」光山が腰をうかした。「頭が悪くてもわたしの番号は暗記して、その紙は燃やしなさい」

光山がくるりと背をむける。久保が速足で光山のあとを追う。

小栗は椅子にもたれた。立ちあがるのも億劫だ。

★　★

平日の午前一時を過ぎて、元麻布のさくら坂はしんと静まり返った。

小栗は両腕を伸ばし欠伸をはなった。助手席に乗っている。煙草を喫いつけ、ウインドーをおろした。師走の風が肌を刺した。

「女はくるでしょうか」

運転席の福西が言った。

「さあ」

「どっちの女かな」

福西の独り言は無視した。

さくら坂の中ほどに車を停めている。上りの一方通行で、道幅がせまい。

右手に白壁のマンションが見える。麻薬取締官の光山から出動要請があるたび、そのマンションに張りついている。

光山の依頼を受けて十日になる。

元麻布のマンションに出動したのはきょうが三度目である。初回は午後九時過ぎから翌朝七時まで見張り、女と出てきた塚原を尾行した。迎えにきたエルグランドに乗った二人は渋谷のオフィスビルの地下に消えた。その三階に『TYプロ』がある。塚原の個人事務所だ。二度目は午後十一時から翌日の午後三時までマンションに張りつき、初回と同様に女と出てきた塚原のあとを追った。女は大通りで車を降り、塚原は世田谷区桜上水の自宅に帰った。どちらも光山に報告をして任務をおえた。

女の身元は判明している。初回は『TYプロ』のスタッフの幸田三枝子（こうだみえこ）、二度目は六本木のキャバクラ嬢の柏木愛実（かしわぎまなみ）である。資料によれば、三十四歳の三枝子は一メートル六十二センチ、細身ながら胸はおおきい。三十歳の愛実も体形は似ており、髪はおなじヤミロングなのでぱっと見ただけでは判別がむずかしい。

タクシーが坂を駆けあがってきて、マンションの前で停まった。

小栗は闇に目を凝らした。

女が路上に立った。ロング丈のダウンジャケット。サングラスをかけている。黒っぽいトートバッグを手に、うつむきかげんで玄関の階段をのぼった。

自動ドアのむこうに消えるや、福西が路上に飛びだした。

三分と経たずに福西が戻ってきた。ドア越しにエントランスを覗（のぞ）いたのだ。マンションには二基のエレベーターがある。

「七階に停まりました」

塚原は七〇一号室に出入りしている。分譲マンションで、七〇一号室の所有者は辰巳博（たつみひろ）

行。ドラッグストアチェーン『タツミ』の二代目社長だ。資料には、塚原が『タツミ』のコマーシャルに出演したのが縁の始まりと記してある。マンションには辰巳の愛人が住んでいたらしく、その女が去ったあと塚原が利用するようになったという。

「顔は見たか」

「ちらっと。おおきなサングラスで、どっちの女か特定できませんでした」

「二人のどちらかと決めつけるな」

「資料には二人しか載ってないのでしょう」不満そうに言う。「雰囲気から察するに、キャバクラの女ですね」

「おまえはキャバクラにも通ってるのか」

「そんなカネはありません。でも、街でよく見かけます」

「たいしたもんだ。俺にはキャバクラ嬢とＯＬの見分けがつかん」

皮肉をこめてもどうせ通じない。携帯電話を手にした。

発信音は鳴ったが、光山はでなかった。ショートメールを送る。

――女がひとり、七階で降りた。サングラスで顔は識別不能――

返信が届いた。

――了解――

福西が覗き込む。

「たったそれだけ。ガキ扱いですね」

「ガキでけっこう。大人扱いされたら責任が重くなる」

「しかし、麻薬取締官に顎でこき使われるのは……納得できません」

福西が口をとがらせた。

小栗は黙った。愚痴や不満は聞くだけ疲れる。シートに身体（からだ）を預けた。

「コンビニに行ってきます。なにか食べますか」

「動きもしないのにもう腹が減ったのか」

光山の指示で出動する途中、西麻布でラーメンを食べた。

「腹が立つと食いたくなるんです」

「あ、そう。俺はいらん」

福西がゆるやかな坂をあがって行く。坂上にコンビニエンスストアがある。

小栗はため息をつき、煙草をくわえた。喫いすぎだ。舌がざらざらする。それでも喫ってしまう。ひまつぶしの友だ。

ライターを持つ手が止まった。サイドミラーに車のヘッドライトを見た。煙草をくわえたままふりむく。セダンのようだ。

オレンジ色のウインカーが点滅し、小栗が乗る車のうしろに停止した。

助手席のドアが開き、男があらわれた。麻薬取締官の久保だった。

小栗の車に近づき、久保が助手席にむかって腰をかがめた。

「交替しましょう」

「お役ごめんか」

「ええ」久保の目元が弛(ゆる)んだ。人懐こい笑顔だ。「光山の指示です」

「一緒か」

「いいえ。運転席にいるのは同僚です」

「ずいぶん早かったな」

思いついたことが声になった。

「運よく近くを走行していました」

「再交替はあるのか」

「ないと思います」自信なさそうな口調だった。「福西さんは」

久保の言葉遣いは丁寧だ。年下の福西もさん付けする。

「コンビニに行った」

言って、小栗は煙草をふかした。

「一本、いただけませんか」

小栗はにやりとし、煙草とライターを手渡した。

「やめて一年になるのですが、張り込み中は手持ちぶさたで」

「女とおなじだな」

「えっ」

「ひまだといてほしくなる」

「あ、そうですね」久保が笑った。「この半年ほど空き家ですが」

「捨てられたのか」

「そんなもんです」

久保が煙草をふかした。むせたような顔になる。

福西が戻ってきた。

「ご苦労様です」

福西が頭をさげる。

小栗はレジ袋を取り、久保に差しだした。

「よければどうぞ」

「いいのですか」

「もちろんです」

福西の声がはずんだ。

そつがないのは相変わらずだ。交替と聞けば悔しそうな顔をつくるだろう。

六本木交差点近くの食堂で遅めの夕食を済ませ、外苑東通を飯倉方面へ歩く。

十二月に入り、街はにぎやかになってきた。ネオンもあかるくなったような気がする。行き交う男らは笑顔だった。

「ヘイ、マック」

巨漢の黒人男に声をかけた。ショーパブの客引き兼用心棒をしている。路上で見かけるようになって二年が過ぎたか。ビザの確認はしたことがない。

「ハイ、オグさん」

マックがグローブのような手をかざした。漂白剤をかけたかのように白い。日本語はずいぶん流暢(りゅうちょう)になった。

小栗は拳をあてた。

「儲(もう)かってるか」

「まあね」

「やばい連中は見かけないか」

「やばいのはオグさん」

マックが片目をつむる。ドングリ眼に団子鼻。愛嬌(あいきょう)がある。

軽くボディブローを見舞う。マックがおおげさに身をかがめた。

路地の坂をくだり、雑居ビルのエントランスに入る。エレベーターで五階にあがった。

バー『花摘（はなつみ）』の扉を開ける。

「いらっしゃい」

元気な声がした。ママの詩織（しおり）だ。紺色のワンピース。胸元にプラチナのネックレスがひかえめにきらめいている。

小栗はいつもの席に腰をかけた。

詩織がおしぼりを差しだした。

「誰かくるの」

「さあ」

おしぼりで手を拭い、左腕で頬杖をつく。煙草をくわえて火をつけた。

詩織がラフロイグのボトルを手にする。

「割るの」

「ロックで」

食堂でビールを飲んだ。身体が濃いアルコールをほしがっている。こんやは酒の力を借りたい気分でもある。塚原の監視から解放されたあと自宅で仮眠を取ったが、二時間ほどで目が覚めた。家にいてもやることがないので麻布署にでむいた。が、デスクでもやることがなく、光山がよこした資料を眺めて時間をつぶしたのだった。

「ねえ」詩織が顔を近づける。「つまらないの」

「ん」

「そんな顔をしてるよ」

「客の顔色ばかり窺ってるのか」

「オグちゃんだけ」

くすっと笑う声がした。

カウンター席の中央に男二人がいる。片方の客は何十回も顔を見ている。詩織の戯言には慣れているのだ。「いや、失礼」その男が言った。

小栗は手のひらをふった。オンザロックを飲み、煙草をふかす。

客はほかに二組三人。奥のベンチシートでアルバイトの女らが相手をしている。

扉が開き、男が入って来た。黒地に空色のピンストライプのスーツに紺色のネクタイ。前髪がすこし垂れている。

「あら」詩織が声をはずませた。「石井さんと待ち合わせだったの」

石井聡がコーナーをはさんで座った。

ソーシャルメディア関連の会社の社長だ。ことしの春、ある捜査の過程で知り合った。その縁が続き、たまに飲食を共にする。もっぱら奢られ役だ。

「何にします」

「水割りを」

石井が答え、詩織は山崎18年のボトルで水割りをつくった。

「つまみを持ってきた」

石井が紙袋に手を入れた。円形の白磁の器をテーブルに置く。

「なに、それ」

詩織がものめずらしそうに見た。

「フグのぶつ切りだよ。東京では初めて食べた」

言いながら、石井がプラスチックの容器に入った液体をおとした。ポン酢か。大根おろしと薬味もふりかけ、割り箸でフグの白身と白菜の乱切りを絡ませる。

「食べな」

石井が器を詩織の前に移した。

ひと口食べて、詩織が目をまるくした。

「やわらかい。あまい」

「ひと晩寝かせてあるそうだ」

「へえ」

それっきり詩織は無口になった。

自分の出番はなさそうだ。小栗は石井に話しかけた。

「悪いな。接待中だったんだろう」

「気にするな。酒場までつき合う相手じゃない」グラスを傾け、視線を戻した。「で、なんていう店だ」

「イエローマドンナ」

食堂に入る前に電話をかけた。資料を眺めているうちに思いついた。

――つき合ってくれるか。行きたい店がある――

――一時間くらい待ってくれ。とりあえず、花摘で会おう――

二つ返事だった。

「行ったことはあるか」

「会社を始めたころはな。ちょっと変わった創作料理にキャバクラ……料理も女の味もわからんやつらのお決まりのコースだった」

「あんたは」

「おなじよ。俺も成金だ」あっけらかんと言う。「おかげで、おまえも助かる。どうせ、財布代わりなんだろう」

「おっしゃるとおり」

さらりと返した。

詩織はまだ箸を離さない。食べながら何度も頷いていた。

石井の行きつけのバーで時間をつぶしたあと、ひとりでバー『山路』にむかった。

マスターの山路友明はかつて麻布署の刑事だった。組織犯罪対策課四係にいた山路は六年前に依願退職した。警務部から警察情報の漏洩を追及されての、事実上の免職であった。一年後、暴力団組長の仲介でバー『山路』を開店した。

バー『山路』は古い雑居ビルの三階にある。

ジャズが流れていた。ドラムの音色が心地よい。ベース音が靴底から伝わってきた。先客がひとりいた。ベンチシートの片隅で腕を組んでいる。眠っているのか。

「おひさしぶりです」

山路に声をかけ、小栗はカウンターの隅に座った。私物のほうの携帯電話をカウンターに置き、壁にもたれる。

「待ち合わせか」

おしぼりを手に、山路が訊いた。

「女が……こないかも」

「ふーん」興味なさそうな声だ。「なにを飲む」

「水割りを」

山路が棚に腕を伸ばした。キープしてあるワイルドターキーで水割りをつくる。殻付きピーナッツが添えられた。

「ビールを飲むぞ」

小栗の返事も聞かずに、山路が小瓶の栓をぬく。

「俺にも一杯」

ここのビールは氷水を張ったクーラーボックスで冷やしてある。これが美味い。

山路が二つのグラスにビールを注いだ。

「先週だったか、西村から電話があった」

そっけないもの言いだった。

「元気にしていますか」

「声ではわからん」

「六本木が恋しくなって電話をかけてきたんでしょう」

「そうする相手が俺しかいなけりゃ不幸な野郎だ」

小栗は目を細め、ビールを飲んだ。

西村響平も元は刑事だった。二か月前に退職し、妻を連れて熊本県八代市の生家に移った。西村も依願退職だ。背景は山路と異なる。警視庁の吉野参事官から覚醒剤撲滅専従班への参加を要請され、それを拒んだのが遠因にある。麻布署の腐敗分子の一掃を謳う吉野に反発したのだ。吉野の思惑どおりに事は運ばなかったけれど、吉野が投じた一石は署内に波紋を生み、不幸な殺人事件に発展した。組織犯罪対策課の課長が保身に走り、裏でつながっていた大原組の組長を裏切ろうとした。それを知った大原が腹心の深谷に殺害を命じたのだった。

上司である課長の裏切りを大原にささやいたのが西村だとうわさされている。が、真相は闇に眠ったままだ。大原も、西村を兄のように慕っていた深谷も、西村の関与を否定した。そもそも、警察が事件の全容解明には消極的だった。現役警視が射殺されたのだ。それだけでも汚点なのに、警察官の不祥事が公になれば警察の権威は失墜する。

「おまえには世話になったと」山路がグラスをあおった。「深谷も元気だ」

「会ったのですか」

「西村の電話のあと、小菅に行ってきた」

葛飾区小菅には東京拘置所がある。未決囚が収監されている。裁判は年明けに始まる。深谷は殺人、大原は殺人教唆の罪で、検察の求刑は十年を超えるといわれている。

「情状酌量……西村は深谷の裁判で証言したいそうだ」

「それを伝えに」

「ああ。が、ことわられた。これ以上の迷惑はかけたくないと。そういう男さ」

小栗は頷いた。なにかを口にするのははばかられる。

扉が開いた。ちいさな顔が見えた。上原和子、二十五歳。六本木のキャバクラ『イエローマドンナ』のホステスだ。問答無用で誘った。和子には貸しがある。

「入ってこい」声をかけ、山路を見た。「むこうに移っていいかな」

「ああ」山路が身を乗りだした。「おい、スーさん。こっちにこいよ」

腕を組む男が目を開けた。眠っていたのではなさそうだ。

「スーさんはジャズが好きなんだ。ほかに客がいなけりゃいつまでもああしている」

言って、山路が目元を弛めた。いかつい顔だが、笑えば親しみを感じる。

ベンチシートに移った。和子を奥に座らせ、小栗は補助椅子に腰をおろした。

「なにを飲む」

「ビールを。トマトジュースもください」

「腹は」

和子が首をふり、トートバッグを開けた。煙草をくわえ、ライターをこする。

山路に注文したあと、小栗は和子を見据えた。

「まだ食ってるのか」

和子がまばたきし、すぐに表情を弛めた。

「やめました。おかげで太って……ダイエット中なんです」

言われて気づいた。たしかに顔がふっくらして見える。

三か月前のことだ。ある事案で半グレの部屋を急襲した。そこに和子がいた。あまったるい匂いがした。おどおどした様子からも覚醒剤使用者だとわかった。しかし、和子はその場から逃がしてやった。よけいな仕事はしない。

「あいつとはどうなった」

「あれっきりです。しつこく追いまわされると思ってしばらく実家に隠れていたけど、メールもなくて。それでお仕事を始めました」

「売人から連絡があるだろう」

「電話番号を変えました」

言って、和子が煙草をふかした。動きが速くなったような気がする。

山路がビール瓶とトマトジュースの缶、グラスを運んできた。

「もらいもんだ」小皿を置く。大粒のイチゴだ。「よけりゃ食いな」

小栗らの話が聞こえたのか。雑なもの言いだった。もっとも、山路は昔から口が悪い。店の客にどう接しているのか心配になるほどだ。

和子が自分でレッドアイをつくった。トマトジュースの割合が多い。ひと口飲んで煙草をふかし、灰皿に消してからイチゴをつまんだ。

「ほんとうにやめたんだな」

小栗は目でも凄んだ。

和子が頷く。

「それなら売人の名前を教えろ」

か細い声になった。細い眉が八の字を描いた。

「仕事だ。おまえの名前はださん」

「ユウジ。それしか知りません」

「そいつの電話番号は」

「知りません。メールで連絡を取っていました」

「メールアドレスを言え」

畳みかけた。考える時間は与えない。いまはやめているかもしれないが、ここまでのやりとりと和子の表情から完全に断ち切ったとは思えなかった。

駄々をこねるように首をふり、和子がスマートホンを手にした。

小栗はメールアドレスを手帳に書き留めた。

「始めたのはいつだ」

「二年前です。お店の子に誘われて」

「その女の名前は」

和子が頭をふった。

「お願いです。私の立場が……」

「そうはいかん」

語気を強めてさえぎった。

和子の顔がさっと赤くなる。

「威すの」声がとがった。「人の弱みにつけ入って……卑怯よ」

「なんとでも言え。覚醒剤中毒のおまえを見逃してやった。恩に着せる気はないが、おまえがまた手をだして捕まれば、俺は責任を取らされる」

「そうなっても、刑事さんのことは喋らないわよ」

和子がむきになった。

「残念だが、信じられん。覚醒剤中毒者は口が軽い。禁断症状がでれば、訊かれもしないことまでべらべら喋る」

和子が息をつき、肩をおとした。

「いったい、なにを調べているのですか」

口調が戻った。

「協力するか」

「それしか助かる道がないんでしょう」

「ものわかりがいいじゃないか」ビールを注いでやる。「おまえのためだ」

「どういう意味ですか」

「イエローマドンナの女が覚醒剤を食っているとのタレコミがあった。信憑性は高い。

近々にも内偵捜査に踏み切る予定だ」うそは勝手にでる。「もしその女が逮捕され、おまえの名前を言えばどうなる。もうやめましたでは済まんぞ」

和子が咽を鳴らした。空唾をのんだか。

小栗は顔を近づけた。

「おまえを誘った女の名前は」

「アンさん」

蚊の鳴くような声だった。

「字は」

和子がスマートホンにふれた。

アドレスを見せられた。〈結城アン〉とある。名前に加えて、電話番号とメールアドレスを手帳に書き写した。

「本名か」

「そう言ってた」

「どこに住んでいる」

女どうしは自宅で覚醒剤を使用することが多いという。

「祐天寺よ」くだけたもの言いになった。腹をくくったようだ。「2DKのマンションに住んでる。あれから行ってないけど」

小栗と会って以来ということだろう。目黒区祐天寺は東急東横線沿いにあり、小栗のアパートから歩いても近い。

「独り住まいか」

「そう。ときどき男がくるみたい。クローゼットに男物の服があった」

「住所はわかるか」

「知らない。でも、祐天寺駅の近くのスカイハイツってマンションの四〇三よ。メールボックスには結城と書いてあった」

それも書き留める。

「アンの男を知ってるか」

「会ったことはない。部屋に行ったときはいなかったから。でも、映像関連の仕事をしてるって聞いた。写真を見たけど、けっこういい男だった」

「あ、そう」

小栗は水割りを飲み干し、オンザロックをつくった。

カウンターの客はこっちに背をむけ、頬杖をついている。山路の姿は見えなかった。カウンターの中の丸椅子に座っているのか。静かな空間にトランペットのやわらかな音が山間の湖に立つ波紋のようにひろがった。

「アンさんなんですか」

和子の声に、視線を戻した。

「特定はしてない」

資料に柏木愛実の個人情報の詳細は記されていなかった。『イエローマドンナ』で本名を使っているかどうかは不明である。光山は最初の資料以外に情報をよこさない。こうして動いているのを知ればどう反応するのか。感謝されることはないと思う。そもそもは睡眠不足の頭にうかんだ思いつきである。石井が快く応諾し、たまたま和子が出勤していた。その流れに乗っている。

店では石井の係の女と和子を指名した。客席に目を凝らしたけれど、愛実の顔は見なかった。和子に訊くわけにもいかず、そとで話を聞くことにしたのだった。

「アン以外にもやってる女はいるか」

「いるんじゃないかな」

和子があっけらかんと言った。

小栗は目をぱちくりさせた。予想外の反応だった。

和子が話を続ける。

「やってたときのことだけど、客席で元野球選手が覚醒剤で捕まった話になって……一緒にいた女の人がわたしを観察するように見つめてどきどきした。その人、いつも髪をさわっているし、目が一点を見つめているときがあるの」

どちらも覚醒剤中毒者の癖だ。神経が研ぎ澄まされるので目が据わる。身体のすべての部位が収縮し、毛穴も縮まるので毛髪が逆立つような感覚になり、さわると気持がいいという。食べない。眠らない。ほかにも特徴がある。

「名前は」

「マミさん」

「本名か」

「わからない。二十七歳って聞いたけど、もうすこし上だと思う」

「いいだろう」

小栗はあたらしい煙草に火をつけた。判断がむずかしい。和子が自分を裏切るとは思わないが、手持ちの情報は教えたくない。愛実の名前を言うのは愚の骨頂だ。

「写真を見る」

語尾がはねた。返事も聞かずに、和子がスマートホンをさわりだした。

「これはアンさん」ひとりで写っている。「彼女の部屋で撮ったの」

ベッドの上のようだ。髪が乱れ、Tシャツから肩が露になっていた。

「こっちがマミさん。お店で撮ったの」

頭の禿げあがった丸顔の男に二人の女が寄り添っている。ひとりは和子だ。アンもマミも愛実とは別人だった。

「おはようございます」

元気な声がして、小栗は顔をあげた。東京メトロ日比谷線の六本木駅を出てからずっとうつむいて歩いていたようだ。昨夜は飲みすぎた。それに、喋り疲れた。めざめると後頭部が重く、コーヒーを二杯飲んでも気分はすっきりしなかった。

目の前に精悍（せいかん）な顔がある。地域課の南島だ。六尺棒を手に、麻布署の玄関前に立っている。二度ほど応援要員として捜査に参加してもらった。

「おう。当番か」

「はい」南島が顔を寄せた。「仕事をください」

「もう怠け癖がついたのか」

南島はことし入庁し、麻布署に配属された。大卒の二十三歳。まだ警察官の顔にはなりきっていない。笑えば学生の顔に戻る。

「そのようです」

南島が臆面もなく言った。

「そのうちな」

言って、ドアを開けた。エレベーターで五階にあがる。生活安全課のフロアだ。

午前九時を過ぎたところだ。保安係の島には全員が顔をそろえていた。手前のデスクにいる福西と目が合った。なにか言いたそうだ。無視し、奥に進んだ。自分のデスクの椅子にコートをかけ、近藤係長の前に立った。

「でかけますか」

けさは近藤からの電話で目が覚めた。話があるという。

「あっちにしよう」近藤が顎をしゃくった。「十時から会議だ」

通路奥には生活安全課専用の取調室が二室ある。近藤との密談にも使っている。

ペットボトルのお茶を飲み、煙草をふかしてから近藤が口をひらいた。

「内偵捜査は進んでいるのか」

「係長には関係ないでしょう」

「そんな言い方があるか。麻薬取締部の応援要請とはいえ、うちから二人もだしているのだ。捜査状況を知る権利はある」

近藤の声に不満の気配がまじった。

小栗はぴんときた。

「光山に無視されている」

「そのとおりだ。おまえを紹介したときも俺を邪魔者扱いした。あのあと梨の礫だ。まったく、あいつは礼儀も筋目も知らん」

「俺にも連絡がない」

「はあ」近藤が顎をあげた。「どういうことだ。使いものにならんと、見切られたか」

「それならいいのですが」煙草をふかした。「わざと喧嘩腰で話したのに、むこうは挑発に乗らなかった。で、諦めました」

「意外と人を見る目があるんだな」

「本気で言ってるのですか」

「そんなわけがないだろう」近藤が怒ったように言う。「おまえの任務は」

「監視対象者がうちの島にあらわれたときに出動の要請がある。仕事は見張りと尾行。むこうがどういう捜査をしているのかも知らない」

「ばかにしやがって」

近藤が口汚くののしった。

「係長が怒ることはないでしょう」

「おまえ」近藤が目くじらを立てた。「顎先でこき使われて、くやしくないのか」

「別に」

近藤がため息をついた。

いらいらする気持はわかる。近藤は監視対象者の名前さえも知らないのだ。カフェテラスで光山に会ってからもうすぐ二週間になる。部下の行動は逐一知りたがる気質なのに、よくきょうまで我慢していたものだ。

そう思い、はっとした。疑念が声になる。

「なにかあったんですか」

「ん」

「いまごろになって麻薬取締官の動きが気になりだした」

「麻薬取締官じゃない。光山だ」

「光山がどうしたんです」

「すこぶる評判が悪い。傲慢、身勝手。おまけに秘密主義者だ」

「わざわざ調べた」

「あたりまえだ。かわいい二人の部下を貸しだした」近藤が真顔で言う。「こき使っておいて、しくじったときの責任を負わされるのは我慢がならん」

「しくじると決めつけないでください」

「過去にそういうことがあったそうだ」

「俺らを引き揚げさせたいのですか」

「そうしたいのは山々だが、吉野参事官の顔がある」

「わかりました」

小栗は煙草をアルミの灰皿につぶした。守秘義務などくそ食らえだ。このままでは近藤の胃に穴が開く。それに近藤の警察人脈はひろく、情報収集の面で頼りになる。

「光山の的は俳優の塚原安志です」

「大物じゃないか」近藤の声がうわずった。「塚原ひとりか」

「さあ。俺が出動するのは塚原が元麻布のマンションに消えたあとで、出動した三回とも遅れて女たちがマンションに入った」

マンションを監視したさいの状況を教えた。

近藤は腕組みをして聞いていた。途中から眉間に縦皺（たてじわ）ができた。

「おとといの深夜は張り込みを始めて二時間も経たないうちに光山の部下がやってきて、お役ごめんになった」

「どうして」

「俺たちにいられたら都合が悪かったんでしょう」

こともなげに返した。そう思っている。

「それならどうしておまえらに連絡した」

その疑念は小栗にもある。が、斟酌（しんしゃく）するには手持ちの情報がすくなすぎる。

「納得がいかないので、動きました」

「ほう」

近藤の眼光が増した。

小栗は昨夜のことを話した。和子とのやりとりにかぎり、石井のことは伏せた。

「おとといの夜の女はイエローマドンナの愛実だったのか」

「そのようです」

さらりと返した。

翌日に光山から連絡があった。出動要請以外の電話は初めてだった。きのうの女は愛実だと教えられた。そのさい久保と交替した理由を訊ねたが、捜査上の都合という返答だった。しつこく訊く気にはならなかった。ものを言うだけで不快になる。光山への不信感は胸のしこりになりつつある。石井を誘って『イエローマドンナ』に行ったのは思いつきだが、しこりがなければ動かなかったかもしれない。

「福西も特定できなかった」

「近いのかもしれんな」

近藤が独り言のように言った。被疑者逮捕のときが迫っているという意味だ。

「立ち会いたくもない」本音がでた。「が、うちの庭で捕物をやって、なにも知らなかったでは係長の顔が立たない」

「それよ」

近藤の顎があがった。おだてればどこまでものぼる。

「せめて、俺らが出動したときの状況だけは正確に把握しておきたい。そう思って、上原和子に接触しました」

「徹底的にやれ。光山から苦情がきたら、怒鳴りつけてやる」

小栗は目をぱちくりさせた。本気で激怒している。

ノックの音に続き、ドアが開いた。保安係の同僚が顔を覗かせた。

「係長、課長が呼んでいます」

「ああ」

近藤がすくと立ちあがる。

小栗は残った。煙草を喫いつけたばかりだ。

★ ★

釣り具の点検はおわった。防寒服も救命胴衣も用意した。あとは選曲だ。

岩屋雄三(いわやゆうぞう)はプレイヤーデッキの前に胡坐(あぐら)をかいた。ＣＤボックスを開く。ピアノにするか。それならJarrettかMonkか。いつも迷う。

あす月曜はひと月ぶりの公休が取れた。麻布十番でおきた傷害事件の犯人を逮捕したのは先々週の土曜だった。犯人は素直に犯行を認めた。供述のウラを取りおえ、先週末のおとい、検察官に送致したのだった。

事件が解決するたび海にでかけたくなる。たぶん人に会いたくないのだ。夜明け前に愛車を走らせる。行く先はいつも千葉の内房。波の荒い外房は苦手だ。通いなれた岩場で釣り糸を垂れる。ヘッドホンで聴くのはモダンジャズ。五十年代と六十年代の名盤といわれるものを好んで聴く。が、自分で曲を評価する耳は持っていない。いつまで経っても初心者リスナーを自覚している。

Keith Jarrett のＣＤ二枚を手にした。曲順を考えるのもたのしみのひとつだ。ＵＳＢメモリーにコピーしたあとは風呂に浸かり、一杯の水割りを飲んで寝る。

「あなた」

声のあとドアが開いた。

「電話よ。係長さん」

妻の亜矢子（あやこ）が携帯電話を差しだした。リビングに忘れてきたようだ。

目覚まし時計を見た。午後九時半になる。首をかしげ、携帯電話を耳にあてた。

「岩屋です」

《夜分に済まん》

「なんでしょう」

《あした、署に出てくれないか》

「書類に不備が見つかったのですか」

《そうじゃない。ついさっき、群馬県警から捜査協力の要請があった》

岩屋は眉をひそめた。新聞はまめに読む。インターネットも見る。

「きのうの殺人ですか」

正確にはきょうの未明だ。群馬県館林（たてばやし）市の雑木林で女性の死体が発見された。インターネットのニュースサイトには〈被害者は東京都在住　二十七歳の女性〉とあった。

《ああ。被害者は世田谷区に住んでいたが、勤務先はわが署の所管内で、六本木でアルバイトもしていたそうだ》

「それなら生活安全課（セイアン）のほうが」

声がとがった。

《そう言うな。むこうは捜査一係（ソウイチ）を希望している》

ほかの者に声をかけたのですか。

そのひと言は胸に留めた。係長は自分の気質を熟知している。他署もふくめ、係長との縁は二十数年になる。こまったあげく連絡をよこしたのだろう。

《とりあえず、会ってくれないか》係長が申し訳なさそうに言う。《明朝九時、県警本部と館林署の者が麻布署にくる》

「わかりました」

《用が済んだら二日の休みをやる》

「一日でいいんです」

陽が沈めば帰る。ジャズの音色と穏やかな海。夕陽を眺められたら最高だ。二日も続ければありがたみが薄れる。

《はあ》

間のぬけた声がした。

「安心して寝てください」

通話を切った。携帯電話を握ったままCDを見つめた。

「なにかあったの」

亜矢子が訊いた。

「あしたは中止だ」

「かわいそう」亜矢子が言う。「あなたの息抜きは家族じゃなくて、釣りなのに」

嫌味には聞こえなかった。

いつのころからか。気づけば、亜矢子は思ったことを口にするようになっていた。

――あなたはお家(うち)の屋根。家の中のことは気にしなくていいから――

そう言われたことがある。

当時、長男が大学進学、長女は高校受験を控えていた。ある事件が解決して同僚と祝杯をあげて帰宅したときだった。酔った勢いだったか。長男の部屋を開けて声をかけた。体調はどうだ。受験勉強は順調か。そんなことを訊いた。長男はきょとんとし、まともに答えなかった。腹が立った。親が心配しているのがわからないのか。そう怒鳴りつけた。長男はひるまなかった。とうさんはぼくがどこを受験するのか知っているの。逆に訊かれ、口をもぐもぐさせた。

その翌朝のひと言である。その場にいた長女の目は冷ややかだった。

失望か、落胆か、あるいは諦観か。あのときの亜矢子の胸中はいまもわからない。しかしながら、それ以降も亜矢子と子らから疎外されていると感じたことはない。

同居している長女は署に着替えを届けてくれる。広島に住む会社員の長男は地酒や瀬戸内の珍味を送ってくるし、北海道の大学に通う次女はたまにメールをよこす。

ドアが閉まりかけた。

岩屋はあわてて声をかけた。

「飲まないか。酒が届いたんだろう」

「あら」亜矢子が目をまるくした。「知ってたの」

「三日前だったか、玄関先で宅配業者とすれ違った。広島からだった」

「お正月用のお酒よ」

「いいじゃないか。飲みたいんだ」

「それなら牡蠣(かき)の燻製(くんせい)もいただきましょう」

亜矢子が背をむけた。

岩屋は腰をあげた。部屋を出るときふりむいた。

Keith Jarrett が弾くピアノの音色が部屋に沁み渡っている。


翌朝八時四十五分、岩屋は麻布署四階のフロアに足を踏み入れた。

壁際の応接ソファで、捜査一係の係長が二人の男と対面していた。

ひと目で群馬県警の刑事と察した。

岩屋はまっすぐそっちへむかった。

「お待たせしました。岩屋です」

初顔の二人が立ちあがる。

「こちらは群馬県警本部の里村警部補」係長が中年男に手のひらをむけて言う。「連れの方は館林署の中川巡査部長だ」

黒っぽいスーツを着た里村は五十歳を過ぎているか。短髪に骨張った細面。無数の皺に刑事の年季を感じる。中川は黒ズボンに紺色のジャケット。にきび跡の残る丸顔は経験のすくなさを感じる。三十歳前後か。

「里村です。公休だったそうで、申し訳ない」

「お気遣いなく」

そつなく返した。

中川とも挨拶を交わし、岩屋は係長のとなりに腰をおろした。

「さっそくですが」里村がセカンドバッグを開いた。「被害者の個人情報です」

岩屋は渡された四つ折りの用紙を開いた。箇条書きにしてある。捜査員用の資料でないのはあきらかだ。捜査協力を要請するために抜粋したのだろう。

——太田礼乃、二十七歳。群馬県館林市出身。株式会社『ゴールドウェブ』勤務。六本木のバー『花摘』でアルバイト。住所 世田谷区梅丘二丁目△―○× メゾン長峰三〇一。犯歴有り。二〇一三年十二月、覚醒剤所持で現行犯逮捕。覚醒剤所持および使用の罪で起訴、求刑三年、判決懲役一年半に三年の執行猶予——

ざっと読んで顔をあげた。気が急いている。固有名詞のせいだ。それを悟られないように努め、里村に話しかけた。

「犯行の状況を教えてください」

里村の眉が動いた。迷惑そうだ。

「死因は窒息死、絞殺です」中川が答えた。「殺害したあと、雑木林に遺棄した」

「犯行推定時刻は」

「十二月三日午後十一時から翌日午前二時まで。通報者は近くに住む老人男性で、四日午前五時半ごろ、犬を連れて散歩中に死体を発見した」

中川がすらすら喋った。

「それくらいにしなさい」里村の口調が変わった。「まだ初動捜査の段階なんだ。マスコミに公表してないこともある」

岩屋は頷いた。この先、里村は無視だ。むだな神経は使いたくない。

里村が中川に目で合図する。

中川が前かがみになり、テーブルの用紙を指した。

「ゴールドウェブと花摘にご同行願えませんか」

「二箇所でいいのですか」

「とりあえず」

「梅丘は」里村が口をはさむ。「これから自分と中川で行く。周辺での聞き込み等がおわり次第、中川に連絡させるのでよろしく」

岩屋はとなりを見た。

係長は椅子にもたれていた。里村とおなじ警部補なのに腹が立たないのか。面倒を避けたいのか。興味のなさそうな顔つきだった。

まるっこい体形の男が近づいてきた。刑事課の課長だ。

「遠路、ご苦労さん」課長が笑顔で言う。「刑事課長の藤丸（ふじまる）です」

里村がすくと立ちあがった。中川も続く。

「群馬県警捜査一課の里村です。このたびはお世話になります」

中川も名乗った。

「なんの。協力は惜しみませんよ」藤丸が鷹揚（おうよう）に返した。「岩屋は一係のエースで、きっとお役に立てるはずです」

「それは心強い」里村が頬を弛めた。「成果を期待しています」

岩屋は煙草を喫いたくなった。ばかばかしくて聞いていられない。

藤丸が立ち去っても、里村と中川は腰をおろさなかった。

「ではこれで」里村が係長に声をかけ、岩屋を見た。「のちほど」

里村と中川はそそくさと部屋を出て行った。

「上州者は気性が荒いというが、礼儀も知らんようだな」

係長が蔑むように言った。

「咬（か）みついてやればよかったんです」

「疲れるだけだ」ぞんざいに言う。「里村は梅丘を見て帰るそうだ。おまえも気を遣うことはない。適当に若造の相手をして、早々に追い返せ」

肘掛に両手をあて、係長が立ちあがった。

岩屋は残った。気になることがある。用紙を見つめた。

あの女だろうか。顔を思いだそうとしたがピントが合わない。名前は憶（おぼ）えている。あかるい子だったとも記憶している。

半年以上も前のことだ。ある捜査事案で生活安全課の小栗と連携した。事件解決の決め手になったのは小栗の情報でもあった。その小栗が暴漢に刺され、全治二か月の重傷を負った。彼が退院してほどなく、岩屋は捜査協力のお礼と快気祝いを兼ね、小栗を食事に誘った。その夜、小栗に案内されたのが六本木のバー『花摘』である。

ママの詩織のこともよく憶えている。隙だらけの笑顔だった。詩織の表情や仕種の一つひとつで小栗との距離がわかった。すくなくとも詩織のほうは小栗に信頼と好意を寄せていた。いまも波風は立っていないのか。『花摘』に行ったのはその一度きりだ。ママや従業員も好感が持て、店の雰囲気もよかったけれど、小栗の島である。いつか小栗と行きたいと思いつつ、いまだそれは実現していない。

携帯電話を手にした。が、かけるのは思い留まった。情報が不足している。太田礼乃が殺害されたという事実の報告であれば自分が連絡するまでもない。群馬県警の捜査員は被害者の個人情報を入手した時点で関係各所に接触を試みる。すでに『花摘』の詩織に連絡を取ったかもしれないし、そうであれば小栗の耳に入っている。

館林署の中川からは『花摘』への同行も頼まれた。小栗に会うのはそのあとでも遅くはない。そう思い直し、携帯電話をポケットに収めた。

中川は午後三時を過ぎて麻布署に戻ってきた。ひとりだった。群馬県警本部捜査一課の里村は昼食をとったあと東京駅にむかったという。

岩屋は一階で車両使用許可を申請し、中川をセダンの助手席に乗せた。裏手から出て芋洗坂をくだる。右折し、青山へぬけるトンネルにむかった。

「現場の状況を教えてもらえないか」

助手席の中川に話しかけた。

「被害者の実家から五キロメートルほど離れた静かな場所です。近くには農家がちらほらある程度で、よそ者が林道を通ることはめったにありません」

中川が前を見たまま答えた。表情は窺(うかが)えないが、迷惑そうな声音ではなかった。

「身元はすぐに割れたのか」

「いいえ。被害者はなにも所持していなかった。第一発見者は被害者を見たことがないと言うし、それらしい捜索願はでていませんでした」

岩屋が黙っていると、中川が言葉をたした。

「きのうの夕方です。被害者の母親が派出所を訪ねてきて、テレビのニュースで事件を知ったと。金曜の夜に帰ってきた娘の姿が見えないので心配になったそうで、派出所の警察官に付き添われ館林署に来たのがきっかけでした」

「母親は被害者がでかけるのを見なかった」

「ええ。いつも九時ごろには寝るそうです。被害者とは夕食時に話をしたが、外出するとは聞かなかったし、変わった様子はなかったと証言しました」

「起きたら娘がいなかったのに不安にならなかったのかな」

「近くに高校時代の友だちが何人かいるので、てっきり遊びに行ったのだろうと。ニュースを見なければ身元判明がもっと遅れたでしょうね」

「荷物は」

「実家になにを持ち帰ったのか不明ですが、ケータイや財布は見つかっていません」

岩屋はめだたぬように息をついた。

トンネルをぬけたところだ。目的地には十分もあれば着く。知りたいことは山のようにあるけれど、質問を絞ったほうがよさそうだ。

「被害者の家で収穫はあったのか」

「どうでしょう。これから遺留品や聞き込みで得た証言の確認作業に入ります」

うまくかわされた。捜査への介入をやんわり拒んだ。そんな感じだ。

文句は言えない。自分が中川の立場でもそうする。被害者の自宅の捜索と周辺の聞き込みにしては時間がかかりすぎたような気もする。ほかにもでむいたのか。めばえた疑念は胸に留めた。事件そのものに深入りするつもりはない。群馬県警もそれを望んでいるはずもなく、しつこく訊けば中川もへそを曲げるだろう。

「これから行くゴールドウェブには連絡をしてあるのか」

「もちろんです。母親に遺体を確認してもらったあと事情を聞き、けさ早くゴールドウェブの関係者に連絡を取りました」

「花摘のほうは」

中川が顔をむけた。

目つきが鋭くなっている。神経にふれたか。質問攻めに嫌気がさしてきたか。いずれにしても職務に熱心な刑事なのはわかった。

「岩屋さんはいろいろ調べられたようですね」

声音も変わった。様子をさぐる気配だ。

「それはそうだよ」こともなげに言う。「ゴールドウェブと花摘への同行を求められた。まったく知識がない状態で行くのはあんたにも先方にも失礼になる」

「で、なにがわかったのですか」

岩屋は顔の前で手のひらをふった。

「マスコミの情報では高が知れている」

岩屋は煙に巻いた。情報は交換が基本だ。

中川が小首をかしげたあと、顔を前方にむけた。

岩屋は路肩に車を寄せた。タクシーが数珠つなぎに停まっている。青山葬儀所に沿った道路の左側はタクシー運転手の休憩場所になっている。

「いいかな」

岩屋は煙草のパッケージを見せた。

「自分も」

中川の表情が戻った。助手席のドアを開けるや、煙草をくわえた。

岩屋は地図を手に路上に立った。


南青山のオフィスビルに入った。エントランスの案内板を見る。『ゴールドウェブ』は七階にあった。会社の概要はインターネットで知った。ソーシャルメディア関連の成長企業で、企画開発およびコンサルタント業務を手がけている。

エレベーターで七階にあがり、右手奥のドアを開けた。

中川を先に入れ、あとに続く。

「いらっしゃいませ」

あかるい声を発し、受付カウンターの女が立ちあがる。

制服のようだ。なんとなく違和感を覚えた。リボンのついたブラウスに深紅のベスト。テレビで見るアイドルグループのような身なりだ。化粧もヘアスタイルも見慣れたＯＬとは異なる。胸の名札に〈佐伯弥生（さえきやよい）〉とある。二十代半ばか。

「群馬県警の者です」

中川が手帳をかざした。

「かしこまりました。少々お待ちください」

声音は堅くなったが、笑顔がすっかり消えたわけではなかった。

中ドアのむこうに消えた女はすぐに戻ってきた。

「ご案内します」

オフィスに通された。五十平米ほどか。

中央に七つのデスクがくっついている。それぞれに女がいた。受付の女とおなじ身なりだった。化粧も似ている。見分けがつかないほどだ。

女が奥のドアをノックした。〈社長室〉のプレートが貼ってある。

こちらは二十平米くらいか。右に木目のデスク、中央に四人掛けの応接ソファ。ほかには何もない。ブラウンを基調にした落ち着いた感じの部屋だった。

男がデスクを離れ、ゆっくりと近づいてきた。

黒いスーツに濃紺のネクタイを締めている。短めのリーゼントの下に彫りの深い顔がある。ぱっと見は堅気に思えない。が、裏社会に生きる者とは雰囲気が異なる。

「石井です」

名刺を交換した。

岩屋の名刺を見たとき、石井の表情がわずかに弛んだ。

勧められ、黒革のソファに中川とならんで座った。

「館林に行かれたそうですね」中川が言う。「驚かれたでしょう」

「死顔を見ても信じられなかった」

石井が静かな口調で答えた。

制服の女がお茶を運んできた。

「ありがとうございます」女に言い、中川は茶碗にふれず石井を見据えた。「さっそくですが、幾つか質問させてください」

「なんなりと」

「最近、被害者に変わった様子はなかったですか」

石井が首をふる。

「一時間前に帰ってきて、社員に訊ねたが、普段と変わった様子はなかったそうだ」

「勤務態度も」

「いつもと変わらなかったと思う。わたしはこの部屋にいる時間が長く、社員に接する機会はすくないので、その程度しか答えられない」

「被害者が金曜の夜から実家に帰ったのはご存知でしたか」

「知らなかった。社員のプライベートには立ち入らないようにしている」

「相談を受けることはないのですか」

「ないね」石井が目元を弛めた。「頼り甲斐のない社長なのだろう」

「ご謙遜を。社長はやさしくて面倒見がいい。いい会社に入れてよかったと……被害者は母親に言っていたそうです」

石井が目を伏せたあと、肘掛にもたれた。

中川が話を続ける。

「被害者の経歴はご存知ですか」

石井の眼光が鋭くなった。

岩屋は緊張した。中川の質問の意図がわかったせいだ。太田礼乃には犯歴がある。群馬県警の里村から渡された資料を見ておどろいた。

中川が続ける。

「三年前、被害者は覚醒剤所持で現行犯逮捕された。尿検査で陽性反応がでて、本人も使用を認めた。懲役一年六か月に三年の執行猶予。年内には期限が切れるというのに、被害者は殺害された。さぞ無念でしょう」

「……」

石井はまばたきもせずに中川を見つめている。

中川が前かがみになった。

「被害者の犯歴を、知っていましたか」

「犯行の背景に覚醒剤があると考えているのか」

石井のもの言いが堅くなった。

「刑事はあらゆる可能性を排除しない」

中川がきっぱりと言い、姿勢を戻した。

「体内から覚醒剤反応がでたのか」

「司法解剖はあすの予定です」

返答になっていない。解剖前でも疑念があれば検査は行なえる。

中川がお茶を飲んだ。

岩屋には間を空けたように思えた。歳は若いが、中川は駆け引きを心得ている。

中川が茶碗を置いた。

「御社は社員のアルバイトを認めているのですか」

「わが社に不利益がなければ。生活が豊かになりたいのは誰でもおなじだろう」

「そうですね。で、六本木の花摘に行かれたことは」

「たまに行く」

「被害者がアルバイトをしていたから」

「そうじゃない。わたしがあの店を紹介した。太田だけではなく、五人の社員が日替わりで働いている」

「ええっ」

中川が頓狂な声を発した。中川の目がおおきくなった。

芝居ではなさそうだ。

「あの店なら安心だ。社員らもそう感じたと思う」

「そうですか」

中川がまた茶碗を持った。

岩屋は先ほどとは違う感慨を抱いた。捜査員が訪問先で飲み物を口にするのはめずらしい。中川は緊張しているのか。あるいは、石井に気圧(けお)されているのか。後者なら、中川も石井の経歴を知っていると思われる。

石井は岩のようだ。もの言いはどっしりとして、よけいなことは喋らない。

岩屋は、中川が麻布署に戻ってくるまでの間に読んだ警察データを思いうかべた。

石井には前科がある。傷害と恐喝で二度起訴され、いずれも執行猶予付きの有罪判決を受けた。二十代のことで、当時の石井は半グレ集団のリーダーだった。二度目の判決の二年後に石井は『ゴールドウェブ』を設立した。執行猶予期間をおえた七年前はすでにソーシャルメディア業界では名の知られる存在になっていたという。その一方で、半グレ時代に縁のあった金竜会の金子(かねこ)会長との親交は続いているとも記されていた。

「ところで」中川の声が弱くなった。「土曜の夜はどちらに」

「家にいた。残念ながら、証明してくれる人はいない」

「そうですか」中川があっさり引きさがる。「社員の方と話をさせてください」

「かまわんが、そとで話せ。来客に不快な思いはさせたくない」

「わかりました」

「大通りに出たところに喫茶店がある。この時間なら混んでないだろう」

「お気遣い、ありがとうございます」

言って、中川が腰をあげた。

岩屋も続いた。ほんの一瞬、石井と目が合った。

「先に行って、待ってくれないか」石井が言う。「皆から話を聞いて、太田と親しかった二人をむかわせる」

最後まで石井に主導権を握られた。

そう思うが、石井に疑惑はめばえなかった。

そとに出た。車はそのままにして外苑東通まで歩いた。五分ほどの距離だ。

喫茶店に入った。テーブルの配置はゆったりしている。窓際の客席に座った。

中川がアイスコーヒーを頼む。岩屋はブレンドコーヒーを注文し、煙草をくわえた。思いだしたように中川も煙草を指にはさんだ。岩屋は火をつけてやった。

「石井社長の印象を聞かせてくれないか」

やんわりと訊いた。中川の心中が気になる。

「社員が殺されたというのにあれほど平然としていられるものでしょうか」

逆に訊かれた。

「感情を表にださないタイプなのかも」

「それにしても」中川が眉をひそめた。「威されたような気分です」

本音の吐露に思える。感情をゆさぶりたくなった。群馬県警への協力がきょうでおわるとは思えない。中川の気質を知っておく必要がある。

煙草をふかし、口をひらいた。

「石井に関する警察データは見たんだろう」

「ええ」

「どうしてその話をしなかった」

「事件とは関係ないでしょう」

中川が怒ったように言った。

「言い切れるのか」

「どういう意味です」

「被害者と石井はおなじ経験をした。同類相憐れむということもある」

「二人が特別な仲とでも」

中川の声にいらだちがまじった。

「石井の疵を突けば、おもしろい展開になったかもしれない」

「冗談じゃない」中川が声を荒らげた。眦がつりあがる。「岩屋さんは部外者だからそんな勝手なことが言えるんです」

岩屋は肩をすぼめた。

真意は伝わらなかったようだ。自分ならゆさぶりをかける。わずかでも感情が乱れればつけ入る隙が生じる。

「お待たせしました」

女の声がした。

岩屋は視線をふった。すぐそばまで二人の女が近づいていた。

俺もたいしたことはない。岩屋は思った。中川に気を取られすぎていた。

★　★

おなじ時刻、小栗は六本木にいた。麻布署を出て六本木交差点方面へむかい、東京メトロ六本木駅の上にある喫茶店に入った。

息を整え、喫煙フロアを覗いた。窓際の席で詩織がうつむいている。テーブルに置いたスマートホンを見ているようだ。

小栗は黙って座り、ウェートレスにコーヒーを頼んだ。

詩織が顔をあげる。表情が沈んでいる。が、取り乱したふうではなく、化粧をし、髪も整えてある。このあと店に入るのか。

そう思うだけでも気分は軽くなる。

「仕事中に呼びだして、ごめんね」

「気にするな」

詩織がぎこちなく笑った。

――礼乃が殺されたって――

詩織が声を絞りだすように言った。電話が鳴ったのは二時間前のことだ。

小栗は言葉を失くした。礼乃とは誰なのか。一瞬、記憶が飛んだ。

――会えないかな。警察の人がくるの――

――どこの署だ――

――群馬県警だって――

――何時に会う――

時刻を聞いて、午後四時に会う約束をした。詩織は一刻も早く会いたいだろうが、その前に情報を集めたかった。『ゴールドウェブ』の石井のことも気になった。

コーヒーが運ばれてきた。

小栗はひと口飲んで、煙草を喫いつけた。ふかしてから口をひらく。

「群馬県警の誰がくる」

「話したのは中川さん。その人がお店に訪ねてくるみたい」

「電話があったのは何時だ」

「二時ごろ。そのあとすぐオグちゃんに電話したの」

「遅いな」

「えっ」詩織が眉尻をさげた。「なにが」

「死亡推定時刻は土曜の午後十一時から翌日午前二時。礼乃は金曜から館林市の実家に帰っていて、土曜の午後九時過ぎに実家を出たようだ。死体発見は日曜の早朝だが、所持品はなく、身元が判明したのは日曜の夕方だった」

小栗はよどみなく言った。情報は丸暗記した。

「お家の人はどうしていたの」

「実家には母親がひとりで住んでいる。日曜の朝に娘がいないのに気づいたが、友だちと遊びにでかけたと思ったそうだ。が、夕方のニュースで事件を知り、不安になって近くの派出所を訪ねた」

「遅いって、そのことなの」

「違う。おまえにたどり着くのがという意味だ。母親は娘がゴールドウェブに勤めていると話したが、おまえの店のことは言ってない。花摘でアルバイトをしているのは知らなかったんだろう。それにしても遅すぎる」

詩織が小首をかしげた。

小栗は言葉をたした。

「電話で何か訊かれたか」

「なにも。事情を伺いたいとだけ」

「ゴールドウェブの名もでなかった」

「ええ。礼乃、どうして殺されたのかしら」

独り言のように言い、詩織が窓のほうを見た。

小栗も顔をむけた。代わり映えのしない風景がひろがっている。ほこりを被(かぶ)っているように感じた。視線を戻し、話しかける。

「礼乃は何曜日の出勤だった」

バー『花摘』には常勤の女がひとりいるだけで、『ゴールドウェブ』の五人が日に一人か二人、交替で出勤していた。

「木曜だけよ」

「先週の木曜も」詩織が頷くのを見て続ける。「様子はどうだった」

「いつもとおなじだった。客席でもたのしそうにしていた」

「どんな客だ」

「宵の口はカウンターのお客さんを相手にして。十時ごろだったか、ゴールドウェブの取引先の方が四人で見えられて、十一時半までその席にいたわ」

「客とアフターに行ったのか」

閉店後に客と飲食に行くことをアフターという。

詩織が首をふった。

「明日香と帰った。四人のお客さんは残って奈津子と遊んでいた」

奈津子は常勤の女だ。勤めて四か月だが、無遅刻無欠勤で客の受けもよく、詩織は奈津子にまかせることも多くなったという。

「礼乃がめあての客はいるか」

詩織の瞳が端に寄った。神経にふれたようだ。

「客筋がいいのはわかってる。リハーサルだ」

「そっか」声がはずんだ。「助かる」

「で、どうなんだ。いるのか」

「いない……と思う。わたしが鈍感なのかもしれないけど」

「礼乃が連れてきた客はいるか」

「同伴出勤は一度もないし、礼乃を名指しの一見さんもいなかった」

「その調子だ」おどけて言った。「よけいなことは喋るな」

「オグちゃんのことも」

「好きにしろ」

「頼もしいね」

詩織が目を細めた。が、すぐ表情が締まった。

「石井さん、どうしてる」

「連絡を取ってない」

「どうして」

「かける言葉が見つからん」

電話するのを我慢した理由はほかにある。しかし、話す気にはならない。詩織と石井は身内のような存在だが、別々のエリアで縁を紡いでいる。

「石井さん、ショックでしょうね。明日香たちも……」

詩織が声を切り、両手で顔を覆った。堪(こら)えていた感情があふれたのだ。

じっと見つめたあと、声をかけた。

「石井は大丈夫だ。どんな難局も乗り切れるさ」

「それでも力になってあげて」

詩織がうつむいたまま言った。

「ああ」

心配なのはおまえのほうだ。あとの言葉は胸で言った。

水商売は風評に弱い。マスコミ連中が店や従業員の周辺をうろつくだけで客は寄りつかなくなる。些細な事件でもうわさに尾ひれがつき、店は閑古鳥の巣になる。そうして畳まざるをえなくなった店を知っている。週一回出勤のアルバイト従業員とはいえ、殺害されたという事実は詩織に重くのしかかる。

詩織は百も承知だろう。それでも、詩織は愚痴も不満も言わずに、石井や『ゴールドウェブ』の社員を気遣っている。

その気持に水を差すようなことは言えない。

ポケットの携帯電話がふるえた。近藤係長からだ。その場で耳にあてた。

「はい、小栗」

《どこだ》

「花摘のママと一緒です」

《力になってやれ。事情聴取は受けたのか》

近藤も『花摘』に出入りしている。詩織との仲は良好だ。

「これからです」

《そうか。心配だろうが、おまえは立ち会うな》

「わかっています」

《おまえ、捜査一係の岩屋との縁は続いているのか》

「あれっきりです。すれ違えば冗談のひとつくらい言いますが。岩屋さんが、なにか」

《群馬県警の刑事に同行している》

「ほんとうですか」

思わず声に感情がまじった。

《花摘に行くかどうかはわからんが、おまえの情報源にはなるだろう》

「係長のほうはどうですか」

詩織から電話があったあと、近藤に群馬県警の捜査状況を調べるよう依頼した。

《会って話す。六時でどうだ》

「お願いします」

待ち合わせの場所を聞いて通話を切った。

電話で話しているあいだ、詩織は心配そうな顔をむけていた。

「岩屋さんを憶えているか」

「ええ。オグちゃんの快気祝いで来てくれた人でしょう」

「群馬県警の者と一緒らしい」

「店にくるの」

詩織の声があかるくなった。

「可能性はある。が、来ても、初対面のふりをしろ」

岩屋と詩織が知り合いだとわかれば、群馬県警の刑事は岩屋を遠ざける。

「でも、岩屋さんのほうが……」

「それはない」声を強めてさえぎった。「あの人は捜査のプロだ」

「わかった。ちょっぴり安心した。ほんとうはオグちゃんにいてほしかったけど」

ひと言多い。いつもなら声になった。

代わりに、肩をすぼめた。本音に本音で答えるには度胸がいる。


詩織と肩をならべ、外苑東通を歩いた。陽が沈んでネオンがあざやかになり、路上には人の姿がめだつようになっていた。

店にむかう詩織と別れ、鳥居坂をくだる。麻布十番の商店街もにぎわっていた。雑貨屋や衣料品店が減り、マッサージ店やエステショップが増えたけれど、商店街の雰囲気は変わらない。都心なのに下町の風情がある。

商店街を横切り、公園脇の角地にある居酒屋の格子戸をあけた。客席の七割ほどが埋まっていた。この店の書き入れ時は八時前後だ。

奥のテーブル席に近藤がいる。退屈そうに手酌酒をやっていた。

「早く来たのですか」

声をかけ、小栗は近藤の前に腰をおろした。

テーブルにネギ饅(ぬた)と少量のイクラが載った大根おろしがある。お通しだろう。近藤が注文を済ませたという証(あかし)だ。

「肩身がせまい。おまえが点数を稼がんからな。で、早く出てきた」

言って、近藤が盃をあおり、饅をつまんだ。歯切れのいい音がする。

「なにを頼んだのですか」

「刺身の盛り合わせとジャコ天」

小栗は品書きを見て、紺絣(こんがすり)の法被を着た女の店員を手招きした。

「酒をもう一本。ほうれん草とシメジのおひたし、里芋の煮ころがし、おからとキスの天ぷら、キンメダイのかぶと煮も」

言って煙草に火をつけ、パッケージとライターをテーブルに置いた。

近藤の手が伸びた。紫煙を吐き、顔をむける。

「ママはどうだ。へこんでいたろう」

小栗は首をふった。

「ああ見えて、気丈な女です」

「そりゃわかる。おまえが刺されてくたばりかけたときも取り乱さなかった」

病室での近藤と福西、詩織のやりとりは憶えている。意識が戻らないふりをして三人の会話をたのしんでいた。おもわず吹きだしそうになり、奥歯を嚙んで堪えた。

料理がテーブルにならんだ。刺身は赤身とイカ、ブリとホタテ。ジャコ天にほうれん草とシメジのおひたし、おからもある。

小栗はブリとイカをつまみ、ジャコ天をしょうが醬油につけた。

近藤がおからの器を手前に寄せる。おからとほうれん草は近藤の好物だ。

小栗は酒を飲んでから話しかけた。

「情報をください」

近藤がジャケットの懐に手を入れる。

渡された用紙は手書きだった。ちいさな文字が乱雑にならんでいる。電話で聞きながらボールペンを走らせたのだ。それでも読める。近藤の文字は慣れている。

「それだけでも骨が折れた。本庁の幹部に借りができた」

「かわいい部下のためじゃないですか」

「ふん。点数を稼いでから言え」

「横取りしますか」

「ん」近藤が眉根を寄せた。「犯人の目星がついたのか」

「まさか」あきれて言った。「別件です。ただ働きは癪にさわる。そうでしょう」

「本気か」

近藤の顎が突きでた。目が光る。

「冗談です」

そっけなく言い、煙草をふかした。

近藤はじっと見つめている。諦めが悪いのだ。

「隠すな。何をつかんだ」

「まあ、あとのたのしみに」気を持たせた。まんざらでたらめでもない。「それよりも」

用紙を指さした。「説明してください」

「いちいち面倒なやつだな。知りたきゃ質問しろ」

近藤がおからを掻き込むように食べ、酒をあおった。

「現場に被害者の所持品はなかったのですか」

「そのようだ。で、身元が割れるまで時間がかかった」

「暴行の痕跡は」

「ない。着衣に乱れはなかった。怨恨、通り魔、もの取り。むこうの捜査本部はあらゆる可能性を視野に入れている」

「実家に手がかりになるようなものは」

「メモ書き、ケータイはなかった。なぜ夜中にでかけたのか。それがポイントだな」

「ケータイの通話記録は」

「もちろん調べているだろうが、それに関する情報は聞けなかった。防犯カメラの映像解析と遺留品に関する情報も同様だ」

「引き続き、お願いします」

小栗は頭をさげた。

「どうしてそこまで熱心なんだ。詩織ママが容疑者扱いされているのか」

「それはないでしょう。が、被害者とは縁がある。それに、事件のせいで詩織や周辺の者が迷惑を被るかもしれない」

石井の名前は言いたくない。近藤は石井を知らないのだ。職場の上司と部下。近藤は感情をさらせる相手だが、それ以上でも以下でもない。

「花摘がなくなるのは、俺もさみしい」

しんみりとしたもの言いだった。

防犯部署と称していたころから、近藤は生活安全課一筋の男である。犯罪絡みの風評被害のおそろしさはよく知っている。

店員がキスの天ぷらとキンメダイのかぶと煮を運んできた。

近藤がキンメダイの目玉を口に入れる。

小栗は山葵（わさび）を衣に載せ、キスを食べた。

となりの席がにぎやかだ。若い男女六人の会話は絶えることがない。

近藤が満足そうな顔で箸を置き、あたらしい煙草をくわえた。

「別件の話をしろ。捜査は進展しているのか」

「さあ。ここ数日はお呼びもかからない」

「マンションの張り込みしかやってないのか」

「やりたくもない」

ぞんざいに返した。

「くそっ。俺の優秀な部下を、なんだと思ってやがる」

近藤が吐き捨てるように言った。

「福西もガキ扱いだと怒っています」

「あいつはガキだ」

近藤があっけらかんと言った。

開いた口がふさがらない。もっとも、反論のしようもない。話題を変えた。

「調べてください」

「なにを」

小栗はセカンドバッグを開き、メモ用紙を取りだした。

アン、マミ、愛実。『イエローマドンナ』に勤める三人の名が書いてある。

「なんだ、こいつら」

近藤が怒ったように言った。

「覚醒剤の常習者です」

断言した。そうしなければ近藤が興味を示さない。

近藤の眉間の皺が深くなった。

小栗は、バー『山路』での上原和子とのやりとりをかいつまんで話した。和子も覚醒剤を使用していたことは伏せた。

「その上原とはどういう仲だ」

「口説いたけど、相手にされなかった。くやしいので情報屋に仕立てました」

近藤が歯を見せた。真に受けていないのだ。

小栗は言葉をたした。

「ガキの使いの駄賃にはなるかも」

「いいだろう。イエローマドンナの社長は六本木飲食店組合の理事だ。便宜を図ってやったこともある。個人情報くらいよこすだろう」

「気をつけてください。あそこは東仁会とつながっています」

東仁会は六本木に本部を構える暴力団だ。主な資金源は覚醒剤と性風俗で、おなじく六本木を島に持つ誠和会、神侠会の二次団体である金竜会としのぎを削っている。

「俺を虚仮にしたら、イエローマドンナはつぶれる」近藤がこともなげに言う。「しかし、麻薬取締官のほうは大丈夫か。この女らの本名と住所がわかっても、警察データにアクセスすればむこうにばれるかもしれん」

「ご心配なく。むこうの対象外です」

こんどのうそはちょっぴり胸が痛んだ。愛実は光山の標的のひとりである。が、光山がよこした個人情報は量がすくなすぎる。三人の女の接点の有無を知るためにも彼女らの個人情報がほしい。気まずさのせいで煙幕を張りたくなった。

「ただし、点数になるかどうか、わかりませんよ」

「かまわん。犬も歩けば棒にあたる」

「優秀な部下から野良犬に格下げですか」

「揚げ足を取るな」近藤が笑った。「キャバクラをまるごと料理しよう」

「麻布署のカネヅルでしょうが」

近藤が手のひらをふった。

「あそこの社長はどけちだ。イベントをやってもビール券しかよこさん」

近藤の声が聞こえたとは思えない。それでも苦笑が洩れた。

となりの席から笑い声がおきた。

パジャマから紺色のジャージに着替え、煙草をふかしたところで玄関のチャイムが鳴った。マグカップのコーヒーは半分残っている。

小栗は舌を打ち鳴らした。後頭部に響いた。

きのうも飲み過ぎた。地下鉄麻布十番駅まで近藤を送ったあと鳥居坂をのぼって、六本木の繁華街に戻った。『花摘』で日付が替わるまで飲んだ。詩織は普段どおりに仕事をしていた。耳にするかぎり、群馬の殺人事件を話題にする者はいなかった。『ゴールドウェブ』の社員が欠勤したせいもあるのだろう。

だが、それで安心して店から去れば後ろ髪を引かれる。石井のことも気になった。刑事が店を訪ねてくる前に石井から電話があったという。迷惑をかけて申し訳ない。改めてお詫びに行くとも言ったそうである。ひょっこり石井があらわれそうな気もした。『花摘』のラーメンを食べ、詩織に送ってもらった。寝たのは明け方である。タクシーを降りるさいの、詩織のなにか言いたそうな顔がちらつき、なかなか眠れなかった。

携帯電話の着信音で目が覚めた。相手を確認せずに電話にでたのが間違いだった。

――どこにいる――

ぶしつけなもの言いに携帯電話を投げそうになった。

――寝てる――

――これからそちらにむかう。君に会っているのを誰にも見られたくない――

――ホテルの客室を取れ――

――無駄遣いはしない――

光山が通話を切った。それから三十分が経った。

小栗はミニコンポの電源を切り、玄関のドアを開けた。

光山が無言で入って来た。ひとりだった。靴を脱ぎ、勝手にリビングにむかう。

小栗は冷蔵庫のミネラルウォーターとグラス二つを持ってから戻った。

光山は胡坐をかき、片肘を座卓にあてていた。

朝っぱらとは思えない引き締まった顔つきだった。紺色のスーツに茶色のネクタイ。かたわらに褐色のコートがある。そのうえにセカンドバッグが載っている。

小栗も胡坐をかいた。グラスに水を注ぐ。

「何の用だ」

言って、煙草に火をつける。

「どういう了見だ」

光山が言った。目がとがっている。

「どういう意味だ」

あえて訊いた。六本木の『イエローマドンナ』に行ったことか。キャバクラ嬢の和子に会ったことか。ほかは思いつかない。

「監視対象者に気づかれたらどうする。責任を取れるのか」

「具体的に言え。なにを怒ってる」

「キャバクラに行ったことだ」

「友だちに誘われた。顔見知りの女もいる」

「指名したのは二人。どっちの女だ」

「あの店に協力者がいるようだな」

はぐらかした。自分から和子の名前は言わない。

「なんでもやる。使える者は誰でも使う」

「ご立派なことで」

そっけなく言い、煙草をふかした。味がしない。水を飲んだ。

これで『イエローマドンナ』に関する情報面では光山と五分になったか。光山なら指名した二人の女の身元を調べる。それでもまだ自分のほうが先行している。思い直した。警察データに和子の個人情報は載っていない。

「正直に言いなさい。目的はなんだ」

「遊びに決まってる」

「その前に行ったのはいつだ」

「二年前か、三年になるか」うそはつけない。光山の協力者が店側の者であれば台帳で確認することもできる。「友だちに誘われなければ忘れたままだった」

「友だちの名前は」

左腕が伸びた。光山のスーツの襟をつかんだ。

光山はあらがわなかった。見下すような目つきに変わった。

「ゴールドウェブの社長、石井聡だな。牙をむくほどの仲良しか」

「くそ」

迂闊だった。『イエローマドンナ』では数名の黒服に声をかけられ、石井は笑顔で応じていた。そうでなくても石井は夜の六本木で名前も顔も知られている。

手を放し、くちびるを噛んだ。これで自分のほうが五分以下になった。

「言いたまえ」光山が顔を近づける。「何の目的で行った」

「気に入らんからだ。俺を顎でこき使うのはかまわん。が、仕事をしてほしけりゃきちんと情報をよこせ。やる以上は俺もへまはできん」

感情が乱れても知恵はまわる。うそは無尽蔵だ。

「ほう」

光山が薄く笑った。

虫唾が走った。拳が固まる。

「それで、監視対象者のなにをつかんだ」

「これからだ。いきなり指名すれば勘ぐられる。俺の素性は店にばれてるからな」

「店の者にさぐりを入れたか」

「舐めるな」

「よかろう」光山が姿勢を戻した。「二度と、あの店には近づくな」

小栗は水を飲み、煙草で間を空けた。

光山が話を続ける。

「この先は久保と組ませる」

「俺を監視するのか」

「君は信用できない」

「それでけっこう」

「君だけではない。俺は誰も信用しない」

「哀れな男よ」

「そういう君はどうなんだ。石井が唯一の友だちだから熱くなったんだろう」

「うるさい。とにかく、久保とは組まん」

「わがままは許さないと言ったはずだ」

「俺は降りる」

「近藤係長が処分されてもいいのか」

「きさま」

腰がういた。

光山がのけぞる。

「君がキレたら凶器になるそうだな」

「おちょくっとんのか」

感情が昂じると関西弁がでることがある。和歌山県田辺市に生まれ育った。

「ところで」光山が声音を変えた。「ゴールドウェブの社員が殺されたそうだな。君は、その被害者とも面識があったのか」

「あんたに関係ない」

「そのとおりだ。しかし、気になる。石井の素性を調べている最中の事件だからね。石井が友だちではなく、君の協力者だとしたら見過ごすわけにはいかない」

「石井のことは忘れろ。それで、あんたの仕事は続ける」

「それを聞いて安心した。また連絡する」

光山がセカンドバッグとコートを手に立ちあがる。

小栗は動かなかった。

玄関のドアの閉まる音がした。

コーヒーを淹れ直す気にもならない。SADEのサウンドを聴いても神経は鎮まらないだろう。煙草を喫いつけた。ふかしながら、窓のそとを見た。

灰色の空がある。そのむこうが青一色とは思えなかった。

★　★

葬儀場の受付には四人の女がいた。皆が若い。神妙な顔で弔問客に対応している。斜め後方に男が二人。五十代と三十歳前後。黒っぽいスーツを着ているけれど、葬儀の関係者ではなさそうだ。男らの視線が気になる。

平野祐希は、香典袋を置き、芳名帳に名前を記した。

葬儀場に入った。読経は始まっていた。左端に十数名の列ができ、先頭の男が祭壇中央の棺に手を合わせ、頭を垂れていた。

遺影の太田礼乃は笑っている。笑顔の礼乃はあまり記憶がない。最後に会ったときはどことなく影が薄く感じられた。殺されたと知ってそう思ったのかもしれない。

祐希は列の後方につき、さりげなく場内を見渡した。

五、六十人がいる。となりの控室にも二十人ほどの弔問客がいた。
祭壇の右下に二人の男女が立っていた。男は知っている。『ゴールドウェブ』の社長、石井聡だ。勤め先のショーパブ『カモン』で何度か挨拶をした。五十年輩の女は礼乃の母親か。母子家庭だと聞いた。実家のある群馬県館林市ではなく、青山の会館で葬儀を行なうのは近くに『ゴールドウェブ』のオフィスがあるからだろう。

後方の壁にもたれる男と視線が合った。見覚えがある。店の客か。視線をそらし、首をかしげた。ややあって、はっとした。彼氏が持っていた写真の男だ。三か月ほど前になるか。それでも仕事柄、記憶力には自信がある。麻布署生活安全課の小栗。そう教えてくれた。自分のことは話したがらない彼氏がどうして写真を見せたのかわからない。たのしそうに話していたのは憶えている。

祭壇の前に進んだ。

すすり泣く声がした。四十年輩の女が両手を棺にあてている。数珠がちいさな音を立てた。喪服姿が美しい女だった。

祐希は黙禱（もくとう）した。ごめんね。胸で話しかけた。礼乃の死顔には化粧が施されていた。首はドーランを塗ったように白かった。

遺影の礼乃を見てからむきを変えた。

「ご愁傷様です」

礼乃の母親と思しき女に声をかけた。

「ご丁寧に、ありがとうございます」

返礼したのは石井だった。

祐希は石井にも会釈をし、歩きだした。

喪服の似合う女が葬儀場を去ろうとしている。小栗が女と肩をならべた。

祐希は控室には寄らず、階段を使って一階ロビーに立った。小栗と女のあとを追うようにそとに出た。

右手から男らが近づいてきた。行く手をふさがれる。

「平野祐希さんですね」中年男が言い、手帳をかざした。「麻布署の者です」

「わたしに、なにか」

言いながら、中年男の肩越しに前方を見た。また小栗と目が合った。

中年男がふりむいた。小栗の表情が弛んだ。中年男が軽く手を挙げる。小栗もおなじようにしたあと、踵を返した。

「自分は」三十歳前後の男も濃茶色の手帳を見せる。「群馬県警の者です」

中年男があとを継いだ。

「お訊ねしたいことがあります」

「どうして、わたしに」

静かに言った。動揺はない。いずれ警察の訊問を受けるとは予期していた。しかし、礼乃を殺した犯人を捕まえてほしいと願っているけれど、警察に協力するのにはためらいがある。できればこの場かぎりでおわってほしいとも思う。

「携帯電話の履歴……正確には通話記録にあなたの携帯電話の番号がありました。先週水曜の夕方、あなたは被害者と電話で話をした」

「ええ。でも、このあと仕事があります」

「時間は取らせません」

中年男が語気を強めた。

祐希は頷いた。訊問を拒めばしつこく絡まれる。それだけは避けたかった。

葬儀会館を出て五、六分歩き、国道二四六に面した喫茶店に入った。

三十席はある。半分ほどの入りで、客の大半は女だった。中年男に勧められ、祐希は窓際の席に腰をおろした。男らはコーヒー、祐希はミルクティーを注文した。

「さっそくですが」中年男が手帳を開く。「あなたと被害者の関係は」

「その前に、お二人のお名前を教えてください」

祐希はきっぱりと言った。

「これは失礼」中年男が目尻をさげる。「麻布署捜査一係の岩屋、連れは館林署捜査一係の中川。どちらも巡査部長です」

「合同で捜査をされている」

「いいえ。捜査本部は館林署にあります。自分は東京での捜査の手伝いです」

丁寧なもの言いは変わらない。が、葬儀場のときよりも目つきが鋭くなった。捜査本部にいる中川を差し置いて訊問の主導権を握っている。

「よろしいですか」岩屋が釘を刺すように言う。「質問に答えてください」

「わたしの仕事をご存知ですか」

「六本木のカモンでマネージャーをしている」

祐希は頷いてから口をひらいた。

「おととしの冬に礼乃さんが面接に来た。それからのつき合いでした」

「面接は誰かの紹介ですか」

「いいえ。お店のオフィシャルサイトの求人広告を見たそうです。ホールスタッフ募集の広告だったのですが、礼乃さんはショーダンサーを希望して……即決でした。礼乃さんは美人だし、プロポーションも抜群で、ダンスも上手でした。こんな言い方は変だけど、きれいな蝶々が舞い込んできたような気分でした」

「身元調査はしたの」

「履歴書は見ました。でも、水商売でそれを確認する店はありませんよ。うちは一応、身分証のコピーを取りますが」

「被害者には前科がある。二年前の冬なら執行猶予付きの有罪判決を受けて間もないころと思われる。そのことは」

「知っています。働きだして二か月が経ったときでしたか、相談があると言われ、食事をしました。そのときに、覚醒剤で逮捕され、有罪判決を受けたと聞きました」

「被害者はどうして話す気になったのでしょう」

「お店に迷惑はかけられないと。刑事さんは、逮捕されたときの礼乃さんのお仕事は知っていますか」

「グラビアアイドル。売り出し中だったとか」

「ええ。テレビのバラエティー番組にもでていたそうです。わたしに相談する数日前に、顔見知りのディレクターが店に来たらしく、うわさがひろがるんじゃないかと。ひどくおびえていました」

「あなたはどう言った」

「お店はそれでも構わない。あなたを護ってあげると言いました。わたしは仲良くなっていたし、礼乃さんはお客さんに人気があったので、手放したくなかった」

「それでも、被害者はやめた」

祐希は頷いた。

礼乃はそれからひと月も経たないうちに『カモン』を去った。祐希は何度も二人きりで話し合い、翻意をうながしたけれど、礼乃の意志は固かった。

そのことを話し、祐希はミルクティーを飲んだ。すっかり冷めていた。

岩屋が質問を続ける。

「その後、ゴールドウェブに勤めたことは」

「本人から連絡があり、二人で入社祝いをしました」

「縁が続いた」

「ええ。ひと月に一度くらい会ってショッピングをしたり、映画を観たり、旅行に行ったこともあります」

「佐伯弥生という名前に心あたりは」

「ゴールドウェブの……礼乃さんを社長に紹介した方ですね」

弥生も元グラビアアイドルで、礼乃が逮捕されたあとも連絡を取り合っていたという。

礼乃は石井社長に自分の経歴を正直に話したうえで採用されたと聞いた。入社して数日後に石井が礼乃を伴って『カモン』にあらわれたときのことは憶えている。

――太田は預かった。ご心配なく――

石井のひと言は胸に響いた。となりで礼乃がうれしそうにほほえんでいた。

「いいですか」

声がして、それていた視線を戻した。

岩屋が煙草のパッケージを手にしている。

思わずにっこりした。人前では喫わないよう心がけている。が、神経が煙草をほしがっていた。細いメンソールの煙草をくわえ、火をつける。咽がひりひりした。

岩屋が椅子にもたれ、紫煙を吐いた。

中川がおもむろに口をひらく。

「先週水曜の件ですが、電話でどんな話をされたのですか」

「いつもの、近況報告のようなものです」

「具体的に言ってください」

中川の表情がけわしくなった。曖昧な話は聞きたくない。そんな顔だ。

祐希は気分が重くなりかけた。高圧的な態度を取られると背をむけたくなる。執拗に絡まれたら逃げだしたくなる。それに、気になることがある。言葉を選んだ。

「クリスマスの予定を聞かれました。行きたい店があるとかで、その店は予約が必要なので、予定を聞きたかったと」

「それだけ」中川が背をまるめ、覗き込むようにした。「ほかには」

「ないです。店の営業前だったのでむだ話はしませんでした」

「週末に実家に帰ることは話さなかった」

「ええ」

「被害者に彼氏はいましたか」

祐希は首をふった。

「好きな人がいるとか、逆に、しつこく迫られているとか」

首をふり続けた。

「男の話はしなかったのですか」中川が語気を強めた。「男がいるかどうかはともかく、話題にもならないなんて信じられない」

「そうおっしゃられても」

「まあ、いいでしょう」岩屋が口をはさみ、名刺をテーブルに置いた。「思いだしたら連絡を。手書きの数字がケータイの番号です」

頷き、名刺をバッグに収めた。

岩屋が話を続ける。

「佐伯弥生さん以外に、被害者の友人を知っていますか」

「いいえ。弥生さんも名前しか知りません」

岩屋が頬を弛めた。

「葬儀場の受付の中央にいたのが佐伯さん」

「そうでしたか」

顔はなんとなく憶えている。自分の名を記したあと目が合った。

「被害者と最後に会ったのはいつ」

「先月の二十三日でした」

「よく憶えているね」

「翌日がわたしの誕生日だったので、礼乃さんに祝ってもらいました」

二十九歳になった。三十歳までに子供がほしいという願望は叶いそうにない。

「被害者から悩みを聞いたことは」

「ないです」

「愚痴や不満を聞いたことは」

「ありません」

「被害者が悩みをかかえているような様子も感じなかった」

「ええ。いつもお仕事や同僚のことをたのしそうに話していました」

「夜のアルバイトをしていたのを知ってるかな」

「六本木の花摘というお店ですね。その店の話も……石井社長のお気に入りの店で、ママはとてもやさしいって聞きました」

「行ったことは」

「気になっていたけど、なかなかお店をぬけだせなくて」

「花摘の客と親しくなったとか、そんな話を聞いたことは」

祐希は首をふり、煙草をふかした。

礼乃は『花摘』でのあれこれをおもしろそうに喋っていたが、それを話せば『花摘』の客に迷惑がおよぶおそれがある。

「今週の土曜はどちらに」

「家にいました」

心臓がはねた。予期した質問でも動揺はある。

「代々木四丁目のマンションだね。独りで住んでるの」

「ええ。なので、アリバイを証明してくれる人はいません」

「電話やメールは」

「していません」

「近くのコンビニにでかけたとか、外出したとか」

「ないです。疲れていたので、テレビと音楽でのんびりしていました」

「いつもそうなの」

「出不精なんです。お店で接客するせいか、人に会うのもわずらわしくて」

「わかるよ。わたしも休日は人のいない場所に逃げたくなる」

岩屋が目で笑った。となりで、中川が顔をしかめる。

祐希は頬を弛めた。

「ところで」岩屋が声音を変えた。「麻布署の小栗とはどんな仲かな」

「えっ」

「葬儀場で自分が声をかけたとき、こちらを見ていた男だよ」

「喪服を着た女性といた人ですか」

「あの人が花摘の詩織ママ。知らなかった」

「ええ。小栗さんて方とは話したこともありません」

「彼は保安係なのに、店でも会ってない」

「憶えてないのかもしれません」

「会ってないのだろう」岩屋が笑顔で言う。「彼はずぼらな男だから」

岩屋が中川を見た。中川が頷く。

祐希はめだたぬように息をついた。やさしいもの言いでも岩屋のほうが緊張する。

「またお話を伺うことがあるかも。そのときはよろしく」

言い残し、岩屋が立ちあがった。

祐希は座ったままだった。窓越しに二人を見ても、まだじっとしていた。

青山一丁目駅で都営大江戸線に乗り、六本木駅で下車した。地上に出るまで幾つものエスカレーターに乗る。引き上げられるような感覚が続き、何度かため息がこぼれた。

六本木交差点を左折し、外苑東通を飯倉方面へむかう。午後三時を過ぎた。街に人はまばらだ。レジ袋をさげた男とすれ違った。だるそうな足取りで、顔には生気がなかった。夜に働く男か。自分もおなじような顔をしているようにも思う。

左折し、古びた雑居ビルの前で立ち止まる。鼓動がすこし早くなった。肩を上下させてからせまい階段を使って二階にあがった。

プラスチックのプレートに〈六三企画〉の文字がある。

祐希はチャイムを押した。

「開いてるで」

関西訛（かんさいなまり）の声が届いた。

ドアを開け、覗くように中を見る。

短い通路の先にオフィスがある。二十五平米ほどか。バーを改装したと聞いた。

応接ソファに座る城之内六三と目が合った。

「なにしに来たんや」

「相談したいことがあって」

声が細くなった。

「どあほ」

怒声と一緒にガラスの灰皿が飛んできた。

祐希は壁にくっついて避けた。ものが飛んでくるのには慣れた。携帯電話を避けきれなくて二の腕に痣ができたこともある。

通路に吸殻が散らばった。それを拾ってゴミ箱に入れ、オフィスに足を踏み入れた。

「ここにはくるなと言うてるやろ」

声ほどに顔は怒っていない。

「ごめんね。ムッちゃんにも関係があることなの」

城之内はあなたと言われるのを嫌う。六三さんと呼んでも叱られた。ムッさんも気に入らなくて、ムッちゃんと言ったら顔がほころんだ。以来、そう呼んでいる。

「そのなりはなんや。葬式か」

「その帰り……ごめん。塩を撒かなきゃ」

祐希はバッグをソファに置き、踵を返した。

「かまへん。ここは死神も寄りつかん。コーヒーをくれや」

ペーパードリップでコーヒーを淹れてから、祐希は城之内の正面に座った。

城之内がフレッシュをおとした。

祐希はブラックで飲んだ。城之内が買うコーヒー豆はやさしい香りがする。

「誰が死んだ」

ぶっきらぼうに言い、城之内が煙草を喫いつける。

「お友だち。以前、カモンで働いていたの」

城之内は祐希の周囲に興味を示さない。親族や友人知人について訊かれたことがない。祐希が話しても無視されるのでいつしか話すのをやめてしまった。

「相談て、なんや」

「葬儀場で刑事に声をかけられ、訊問された」

「ん」城之内が眉根を寄せた。「殺しか」

「そう。友だち、太田礼乃っていうんだけど、群馬の実家の近くで」

「いつのことや」

「土曜の深夜。新聞には絞殺と書いてあった」

棺の中の白い首が目にうかんだ。

「なんですぐに言わんのや」

祐希は肩をすぼめた。

勝手なことばかり言う。きのうもおとといも深夜に電話したが、つながらなかった。メールも無視された。城之内は自分が会いたいときだけ電話をよこす。それも一方的で、祐希の都合は聞こうともしない。

「なにを訊かれた」

城之内が凄むように言った。

「礼乃との関係。ムッちゃんのことは喋らなかった」

「あたりまえや」

「けど、捜査に協力したい。礼乃を殺した犯人が許せない」

城之内が顎をしゃくり、そっぽをむいて煙草をふかした。

「だめかな」

「おまえに」城之内が視線を戻した。「アリバイはあるんか」

「ムッちゃんに抱かれてた」

憶えてないの。言いそうになる。

「ほな、相手にするな」

「それで済むと思うの」

「済まんな」あっさり言う。「ヒルみたいな連中や」

「………」

祐希は口をつぐんだ。どうしていいのかわからない。怒らせれば手が飛んでくる。殴られても構わないけど、嫌われるのはいやだ。

「なにを知ってる」

「えっ」

「アリバイ以外にも気になることがあるんやろ」

祐希は目をしばたたいた。ときどき城之内のひと言におどろかされる。

「言うてみい」

祐希は息をついてから声をだした。

「先週の水曜に電話があって、これから会えないかと。お店のオープンの時間だったからむりだと言ったの。礼乃はわかったと言ったんだけど、声に元気がなくて……どうしたのって訊いたら、東京を離れたいと」

「理由を聞いたか」

祐希は首をふった。

電話での最後のやりとりは憶えている。

――どうしたの。何があったの――

――くわしいことは会って話すけど、いやなやつに絡まれてるの――

――誰よ――

――言えない……ごめん、ケータイが鳴ってる。切るね――

それを城之内に話した。

「ややこしそうやのう」城之内が言う。「それを刑事に喋ったんか」

「話せば何度も会うはめになりそうで。ムッちゃんに迷惑がかかるかもしれないし。だから、相談に来た」

城之内がくちびるをとがらせた。思案するときの癖だ。

電話が鳴りだした。

城之内がテーブルの電話機に手を伸ばした。ハンズフリーのボタンを押す。

「はい」

《上杉です》

おちついたもの言いだった。

上杉設計事務所の所長、上杉芳美だろう。彼なら面識がある。城之内が『カモン』に連れてきた。数週間後には上杉が社員と遊びに来た。そのときも挨拶をした。

《ご相談があります》

「なんですの」

《飯倉の土地のことで面倒になりそうでして。ご足労を願えませんか》

「わいはあんたの兵隊やないで」

祐希は目を白黒させた。城之内がわいと言うのを初めて聞いた。もの言いはやわらかでも胸に突き刺さるような凄みがある。オフィスにくるなという意味がわかった。

わずかな沈黙のあと、城之内が言葉をたした。

「たまにはこっちに足を運んだらどうやねん」

《わかりました。こんやのご予定は》

「がら空きや」

《では、午後六時に。けやき坂のグランドハイアットでいかがでしょう》

「四階のジャズラウンジでよろしいか」

《結構です。よろしくお願いします》

　通話が切れた。

　城之内が顔をむけた。

「いね」

「えっ」

「もう一本、うっとうしい電話がかかってくる」

「どうしてわかるの」

「上杉は猫被りや。俺にえらそうに言われて、腹の中は煮えくり返ってる。いまごろ神戸に電話して愚痴を垂れてるやろ」

　城之内が神俠会幹部の五島組長の身内なのは知っている。

「直におやっさんから電話がある」

「さっきの話は」

「ほっとけ。刑事は相手にするな」

「そうする」

素直に言った。

城之内に話したことで、胸のつかえがすこし取れた。

タクシーで代々木四丁目のマンションに帰り、シャワーを浴びて出勤した。

午後五時にスタッフを集めて指示をする。そのあと店内のオフィスにこもって帳簿を見たり、ショーのプログラムを作成したりする。それが営業開始前の日課である。仕事の量が増え、体調が悪い日でも休めなくなった。二か月前、賭博容疑で逮捕された店長が解雇された。マンション麻雀(マージャン)での単純賭博であったが、店の顧客を賭け麻雀や野球賭博に誘っていたことが判明し、『カモン』の経営者が激怒したのだった。

その後、経営者にフロアマネージャーから店長への昇格を通達されたが、固辞した。責任を負いきれない。それは表向きの理由である。城之内の存在が気になった。城之内は暴力団員ではないけれど、神戸の五島組長の指示で六本木に棲(す)みついている。『六三企画』がどんな仕事をしているのか。城之内は話してくれないが、あぶない仕事をしているのは雰囲気でわかる。顔が腫れ、衣服を血で汚しているのを見たこともある。城之内本人から自分は警察に目をつけられているとも聞いた。麻布署生活安全課の小栗の写真を見せられたときもそうだった。

――こいつは油断がならん。店に来たときは観察せえ――

城之内にそう言われた。なにか因縁があるのだろうが、質問はしなかった。訊いても教えてくれない。怒鳴られるのがおちだ。

城之内と離れられない自分が店長になれば、いずれ『カモン』に迷惑をかけそうな気がする。警察は暴力団とつながる飲食店に容赦しない。

つぎの店長が決まらず、いまに至っている。経営者は店長を雇う気がないのか。そう思うが斟酌はしない。馬の合わない店長がくるくらいなら多忙のほうがましだ。

六時になって、面接に来た女のポールダンスを見た。ダンスは上手いが、体形が崩れていた。表情も乏しかった。不採用を告げると露骨にいやな顔をされた。見る目がないんじゃないの。そんな顔だった。己の欠点に気づかない者は始末に悪い。

オフィスで一服し、ジャスミンティーを飲む。営業開始直前のルーチンだ。内線電話が鳴り、スタッフから来店者を告げられた。

レジカウンターの前に男が立っていた。『ゴールドウェブ』の石井だった。グレーのスーツに着替え、ブラウンのネクタイを締めていた。

「葬儀に参列してくれて、ありがとう」

おだやかなもの言いだった。

「ご心痛、お察しします」

丁寧に返した。

「話したいことがあるのだが」石井が言う。「時間を取れないか」

祐希は腕の時計を見た。七時になる。開店時刻だが、客がくるのは八時過ぎで、ショーが始まる九時前後に最初のにぎわいを見せる。

カウンターのバーテンダーに声をかけた。

「ちょっとでかけます」

近くの喫茶店にいると告げて、そとに出た。

陽はすっかり暮れていた。風もでている。両腕を縮めた。上着を着ればよかった。急に肩が重くなった。石井が自分のトレンチコートをかけたのだ。

「ありがとうございます」

はにかみながら言った。やさしくされるのには慣れていない。

「つき合いが続いていたのか」

石井が訊いた。

「ええ」

「葬儀場で刑事に呼び止められたそうだね」

「喫茶店で訊問されました」

言って、祐希は紅茶を飲んだ。

「どんなことを。その前に、太田との仲を教えてくれないか」

「どこまでご存知なのですか」

「太田には前科があること。有罪判決を受けたあと、カモンで働きだした。そのさい、あんたの世話になった。その先のことは知らない」

祐希は礼乃との仲を簡潔に話した。

石井が口をひらく。

「相談相手だったわけか」

「どうでしょう。彼女、プライベートなことはあまり話さなかった。ただ、ゴールドウェブの人たちのことはたのしそうに喋って、石井さんを信頼しているようでした」

「そうか」石井が息をつく。「刑事はどうやってあんたにたどりついたのかな」

「ケータイです。通話記録を見たと……」

「待ってくれ」石井がさえぎる。「ケータイの履歴じゃなく、通話記録と」

「そうです。先週の水曜に礼乃さんから電話があって、そのときにどんな話をしたのか、変わった様子はなかったかと訊かれました」

「……」

石井が口をつぐんだ。目があとの言葉を催促している。

祐希は煙草を喫いたくなった。紅茶を飲んで顔をあげた。石井は『カモン』で遊んでいるときとは雰囲気が異なる。目は誠実そうに見える。礼乃が石井を信頼していたのがわかった気がする。城之内に喋ったことをそのまま話した。

「太田は東京を離れたいと言ったのか」

「ええ」

「いやなやつに絡まれてる……そう言ったのは初めてか」

石井の口調が熱をおびた。

祐希はひるみそうになった。が、恐怖心や嫌悪感はめばえなかった。

「そうです」

「そいつに心あたりは」

祐希は首をふった。

「そのことを刑事に話したか」

「いいえ」

「どうして」

「……」

言葉に詰まった。城之内のことは話せない。ごまかすのも気が引ける。

石井が目元を弛めた。

祐希は心中を見透かされたように感じた。

「犯人が憎いよな」

やさしい口調になった。

「もちろんです」

石井が頷き、コーヒーを飲んだ。

「礼乃さんが成仏できるよう、犯人が捕まるのを願っています」

「そうなるさ」さらりと言う。「人にはそれぞれ事情がある。警察に話したくなければ、それでいい。太田もわかってくれる。俺も理解する」

「ありがとうございます」

「行こう」

石井が伝票を手にした。

「どちらへ」

「店さ。ひとりで帰すのは失礼だ」

祐希は目を細めた。締まりのない顔になっただろう。

★　★

黒のエルグランドがマンションの前に停まった。午前五時半。元麻布のさくら坂に人の姿はない。坂下から駆けあがってくる車も見なくなった。

「こんな時間に……中でなにかあったのでしょうか」

福西がハンドルに上半身を預けるようにして言った。

九日ぶりの出動である。日付が替わった直後に麻薬取締官の光山から連絡があった。数分前に塚原がひとりでマンションに入ったという。

そのとき、小栗はバー『花摘』にいた。着替えに帰るという詩織とは葬儀場を出たところで別れ、小栗は麻布署に戻った。が、やりたいことはあっても集中できなかった。憔悴（しょうすい）した詩織が気になった。近藤係長の話もどこか上の空で聞いていた。牛丼屋で夕食を済ませたあと、六本木を歩いた。足は無意識に『花摘』にむかった。頬杖をついて煙草をふかし、ときおり詩織の横顔を見ていた。

福西の問いかけは無視した。携帯電話を耳にあてる。相手はでない。寝ているのか。切りかけたとき声がした。

《なにがあった》

光山の声はかすれていた。

「迎えの車がきた」

小栗はマンションの玄関を見ながら答えた。

《塚原は》

「まだあらわれん」

《出てきたら尾行する。いつもどおりだ》

「いつまでこんなことをやらせる。とっとと片をつけろ」

《仕事どころではないのか》

クックッとふくみ笑う声がまじった。

光山の一言ひと言が神経を逆なでする。

マンションの玄関ドアが開いた。男がひとりであらわれた。うつむきかげんでコートに両手を入れている。ソフト帽が邪魔だが、間違いない。塚原だ。

「やつが出てきた。ひとりだ」早口になる。「どうする」

《女はいないのか》

「ああ。早く指示しろ」

塚原がエルグランドに近づく。

《福西をそこに残し、君ひとりで尾行しなさい》

「あいにく俺ひとりだ」とっさにうそをつく。「福西は事案をかかえた」

舌を打つ音がした。

《塚原を追え。撒かれないように》

ひと言多い。言い返す余裕はない。通話を切り、福西に声をかける。

「出ろ」

「えっ」

「ここで待て」声が強くなる。「すぐに電話する」

福西がドアノブに手をかける。

エルグランドが動きだした。

坂をくだって左折する。トンネルをぬけたところで福西の携帯電話を鳴らした。

「女は」

《あらわれません》

「女が出てきたら尾行しろ」

《ひとりで》不満そうに言う。《アシがなければ撒かれるかも》

「うるさい」怒鳴りつけた。福西の胸中は見え透いている。応援がほしいのだ。「近づいてくる車に用心しろ」

《どういう意味です》

「久保がくるかもしれん」

《来たら交替ですか》

車体がゆれた。フロントガラスを叩き割りたくなる。堪え、口をひらいた。

「身を隠せ。久保が女のあとを追うようなら、おまえは女のマンションにむかえ」

きょうの女はキャバクラ嬢の柏木愛実だ。愛実の個人情報は近藤からもらった。マンションを監視中に福西にも資料を読ませた。

《女が家に帰らなければ》

語尾が沈んだ。

福西の推察は留処を知らない。それが悪い方向にむけばやる気をなくす。

「切るぞ」

携帯電話を畳み、煙草をくわえた。

いつのまにか、前方を走るエルグランドとの間にセダンが割り込んでいた。


首都高速2号線を天現寺で降り、白金方面へむかう。

塚原を乗せたエルグランドは一般道路を走り、世田谷区桜上水の住宅街で停まった。塚原が自宅に入るのを視認して光山に報告し、任務をおえた。首都高速で都心に戻ったのは愛実が元麻布のマンションから出てきたとの連絡が入ったからだ。塚原から三十分遅れてのことだった。その間に麻薬取締官の久保はあらわれなかったという。

大通りに出る手前、白金三丁目の路肩に車を停めた。

福西が駆け寄ってくる。コートを抱くように身を縮めていた。

助手席のドアが開いた。

「サンドイッチを買ってこい」

二千円を渡した。右手にコンビニエンスストアが見える。

ほどなく福西が戻ってきた。助手席に乗り、レジ袋を開く。小栗にミックスサンドと缶コーヒーを手渡したあと、肉まんを頬張った。あっというまに三個を食べおえた。

小栗は缶コーヒーを飲み、煙草をふかしてから話しかけた。

「どのマンションだ」

道路の左右に四棟のマンションがある。

「コンビニの上です。三〇六のメールボックスに柏木とあります」

「まっすぐ帰ったのか」

「はい。さくら坂をあがってからタクシーを拾ったので助かりました」

外苑西通なら早朝でもタクシーが走っている。

福西が言葉をたした。

「塚原は」

「家に帰った」

「そうでしょうね」

「ん。どういう意味だ」

「塚原は公演の真っ只中です。さっきネットで検索しました」

「ひまつぶしになったじゃないか」

「あのね」福西が目を見開いた。「ほめるとか、おだてるとか、知らないのですか」

「知らん。公演は何時からだ」

「一部は午後一時。家でひと眠りしたかったんでしょう」

「マンションでも寝れる」

「そうでしょうか」

福西が薄く笑った。

言いたいことはわかる。覚醒剤を注入した女の身体は男を求めるという。が、福西の推測には疑問がある。塚原も覚醒剤常用者だ。

「覚醒剤が効いていれば枕を替えても眠れん」

「それもそうですね」

あっさり同意し、腕を組んだ。思案する顔になる。

「もういい。寝ろ。一時間交替だ」

「二時間にしてください」

言いながら、福西がシートを倒した。

「死ぬまで寝てろ」

「ありがとうございます」

憎まれ口は達者になる一方だ。脱いだコートを身体にかけ、目をつむった。

小栗は玉子サンドを食べた。パン切れが歯茎の裏側にへばりつく。コーヒーをすぐようにして飲み、煙草をふかした。


麻布十番の焼肉店はにぎわっていた。土曜ということもあるのか、子連れも目につく。

小栗は入口に近い席に座った。愛実の席とは距離があるけれど、ほかに空いているのは愛実のとなりの席だから仕方がない。

午後八時になるところだ。愛実は男と一緒にマンションを出てきた。笑顔で、もたれかかるように男の腕を抱きかかえていた。二人はタクシーでここに来た。

福西があらわれた。

「すみません。駐車場で車をぶつけました」

悪びれるふうもなく言った。

「相手の車は」

「壁です。リアバンパーがへこみました」

「ほうっておけ」

福西が顔をほころばせ、店内を見渡した。

店員が両手に持つ皿を愛実の席に置くところだった。

「食欲があるのでしょうか」

福西が声をひそめた。

覚醒剤が効いているうちは胃が縮み、食べ物を受けつけないという。

「たっぷり汗をかいたんだろう」

汗をかけば覚醒剤の成分が排出される。覚醒剤中毒者がよくサウナを利用するのは覚醒剤を抜くのが目的だといわれている。

「好きですね」

福西がにやりとした。

店員が注文を取りに来た。

「生をひとつ」言って、福西に声をかける。「あとはまかせる」

「オグさんの奢(おご)りですか」

「貧乏人に訊(き)くな。会社に決まってる」

「安心しました」

言って、福西が品書きを指さした。覚えきれないほどの品数だった。

愛実の席を見た。

男が携帯電話を耳にあてていた。

素性は知れている。島田直也。東仁会の幹部だ。

近藤の情報収集は早かった。太田礼乃の葬儀に参列して麻布署に戻ったときに資料を渡された。キャバクラ『イエローマドンナ』の三人の個人情報がそろっていた。興味が湧いたのは柏木愛実のそれだった。

――東仁会の島田直也とは半同棲の仲と思われる――

その一行に目が釘付けになった。

島田の個人情報も付記してあった。

――茨城県牛久市出身、四十五歳。傷害と恐喝および監禁致傷で二度の服役。東仁会内の長谷川組舎弟から東仁会若衆に昇格、現在は東仁会若頭補佐。みずからは島田組を率い、組員は六名。主な資金源は覚醒剤売買、性風俗関連――

資料を渡すときの近藤のひと言が鼓膜に残っている。

――見て、腰をぬかすなよ――

まるで鬼の首を取ったかのような顔をしていた。

愛実の同僚のアンとマミに関してはめぼしい情報がなかった。愛実と島田をさしてのひと言だったのは疑う余地がない。

「それにしてもたいした女ですね」福西が言い、ビールを飲む。運転のことはすっかり忘れたようだ。「二股をかけて、こわくないのでしょうか。片方はやくざですよ」

「承知の上さ」

小栗はあっさり返した。

福西によれば、愛実が自宅マンションに入ったあと、島田を見かけなかったという。福西が仮眠中に、小栗も目撃しなかった。見逃すはずはない。島田の面相は覚えたし、福西には写真のコピーを渡してある。

島田は先に愛実の部屋へ行き、愛実の帰りを待っていた。そう考えるのが自然だ。

推察のウラは取る。前夜の島田の足取りと、愛実と島田の携帯電話の通話記録だ。犯罪にかかわる話でなければ本人名義の携帯電話を使った可能性が高い。資料をもらったさい、近藤には二人の携帯電話の通路記録を調べるよう頼んだ。

「島田は」福西が身を乗りだした。「覚醒剤の元締なんでしょう」

「仲卸じゃないか。兄貴分の長谷川は関東の元締のひとりといわれている」

「どっちにしても、愛実は覚醒剤の運び屋ですね」

「どうかな」

小栗は曖昧に言った。

福西の推測につき合うのは疲れる。

愛実を運び屋だと決めつけるのは早計だ。島田から愛実、塚原と渡るのは島田にとってリスクがおおきすぎる。元締もしくは仲卸と小売屋の間には複数人が介在する。芸能人やスポーツ選手が覚醒剤所持や使用で逮捕され、売人の名前を供述しても元締や仲卸にまで捜査の手が伸びないのはそのためでもある。愛実が捕まることも想定して、島田は己の身を護る手段を講じているはずだ。

自分の考えを教えれば、福西の推察と想像は無限にひろがる。

店員が皿を運んできた。

福西がタンを網に載せる。すぐ炎が見えなくなった。

「俺にかまうな」

いつも言う。福西の早食いにつき合えば、美味いものも不味くなる。

タンを二切れ食べ、ビールを飲む。頬杖をついて煙草を喫いつけ、視線をふった。

愛実が焼肉をサンチュに包んでいる。島田がカクテキを口に運んだ。音が聞こえてきそうだ。遠目にも機嫌がよさそうに見える。

「島田の指示だと思っているのですか」

「ん」

小栗は視線を戻した。

「愛実が捕まればわが身があぶなくなるのに、塚原とくっつけますか」

「わからん」

「そんな」福西の声がうわずった。「教えてくださいよ」

「むりを言うな。おまえと違って妄想が苦手なんだ」

「妄想とはなんですか」

福西が目をむいた。さすがに声は低く抑えた。

「焦げるぞ」

福西があわてて箸を動かす。

ポケットの携帯電話がふるえた。画面を見る。石井からだ。

立ちあがり、そとに出てから耳にあてた。

「おちついたか」

やさしい声になった。

《心配をかけて、すまん》

「会えるか」

《そのつもりで電話した》

「いまフクと飯を食ってる。一時間後でどうだ」

《頼む。けやき坂のＢ　ｂａｒで会おう》

通話を切り、顔をあげた。

月は見えない。濃紺色の空に黒雲が流れている。

小栗は息をついた。短いやりとりに石井の意志を感じた。どんな覚悟をしているのか。想像するだけで気分が重くなる。

携帯電話を上着のポケットに入れ、店に戻った。

座るなり、福西が話しかける。

「係長ですか」

「石井だ」

福西が眉をひそめた。福西は石井になついている。口をもぐもぐさせたが、声にならなかった。それでもわかる。自分と石井の仲に割り込まないよう気遣っているのだ。

小栗は煙草をふかしてから口をひらいた。

「おまえは愛実に張りつけ」

「麻薬取締官のほうはどうするのですか」

「適当にごまかす」

「ぴったりマークですか」

声音が弱くなった。

「係長に頼んで南島を借りる」

福西がおおきく息をついた。

「監視中は周囲に目を光らせろ」

「麻薬取締官の二人ですね」

「二人とはかぎらん」声を強めた。「仲間がいるし、光山は情報屋をかかえている。やつは愛実と島田の関係を把握していると思う」

「島田も標的のひとり」

「だとすれば、光山の仲間がここにいるかも」

福西が目を白黒させ、顔を左右にふった。

「いたとしても、いまさらどうにもならん」

「そうですね」

福西は気持ちの切り替えが早い。むらな気質ともいう。

「食え。ひと切れでも残したら自分で払え」

言って、愛実のほうを見た。

二人とも笑顔だ。周囲を気にする様子はなかった。

駐車場に車を取りに行く福西と別れ、麻布十番商店街を歩いた。

すでに大半の店はシャッターを下ろしていた。角地の黒っぽい塀を見た。麻布十番温泉の跡地だ。商業ビルが建つと聞いていたが、リーマンショックの影響か、いまも駐車場になっている。麻布十番温泉は勤務中によく利用した。感慨はめばえない。人は日々の変化に鈍感で、ある日突然、目をまるくする。やがて、その感情も忘れ去る。

青白い灯の下を歩く。六本木けやき坂だ。カップルたちがのんびり歩き、車も速度をおとしている。甲高い声がした。三人の女がイルミネーションを見あげていた。

小栗はダッフルコートのボタンをはずした。疲弊した身体にだらだらと続く上り坂は応える。初冬の風が心地よかった。

左手の『ティファニー六本木ヒルズ店』の角で足を止めた。目をつむる。退職した西村の顔がうかんだ。二か月前、足元で麻布署の警察官が凶弾に倒れた。西村はそれを目撃したという。殺されたのは部署の上司で、殺したのは元部下だった。

路地に入った。つきあたりにバカラ直営店の『Ｂ　ｂａｒ』はある。

店には先客がいた。シャンデリアを間近に見る席に女が三人。三十歳代か。笑顔で話しているけれど、うるさくはない。

コートを脱ぎ、カウンター席の男のとなりに座った。

石井は赤いコースターに載るタンブラーを指先でふれていた。球形の氷が入っている。オンザロックか。量がすくない。

「早く来たのか」

声をかけ、バーテンダーにラフロイグのオンザロックを頼んだ。

「やることがない」石井がつぶやいた。「おまえは忙しいのか」

「麻薬取締官の助手だ」

そっけなく言った。

守秘義務は無視だ。それで石井も話しやすくなるだろう。ひまつぶしの相手に選ばれたわけでないのはわかっている。

石井が顔をむけた。おどろいたふうはない。

「的は俳優、大物だ」

「ふーん」

気のない返事が返ってきた。

銀色のコースターにタンブラーが載った。

小栗はひと口飲んで、煙草を喫いつけた。紫煙を吐き、石井を見る。

「俺にやれることはあるか」

石井が首を傾けた。

「動けるのか」

「ああ」

石井がグラスを空け、お代わりを注文する。上着のポケットから取りだした紙切れをテーブルに置き、視線を戻した。

メモ用紙に〈平野祐希〉と書いてある。

「調べてくれ」

「カモンのマネージャーだな」

「そうか」石井の声がはずんだ。「あそこの店長をパクったんだよな」

「そうじゃなくても、いい女は忘れん」

石井が目元を弛めた。

「この女が、どうした」

「太田と縁があった。太田の過去を知ってるか」

「犯歴のことか」

石井が頷いた。

バーテンダーがグラスを置き、すぐに離れた。

石井が口をひらく。

「判決がでたあと、太田はカモンで踊っていた。面接をしたのが平野だ。太田は三か月たらずでカモンを辞め、うちに入社したが、平野との縁は続いた」

「カモンを辞めた理由は」

「マスコミの取材と客のヤジに堪えられなかったそうだ」

「元グラドル……格好の餌食になったわけか」

「たぶん」

石井がグラスをあおった。液体の半分が消えた。

小栗は頬杖をついてそれを見ていた。

「どうして平野祐希に興味を持つ」

「いやなやつに絡まれてる。殺される三日前、太田が電話でそう言ったそうだ」

「平野本人に聞いたのか」

「ああ。葬儀のあとカモンに行き、平野と話した」

小栗はきのうの葬儀場の光景を思いだした。自分らのあとから出てきた祐希は麻布署捜査一係の岩屋に声をかけられた。岩屋の連れと三人で歩くのも見た。

「そのことを刑事にも話したのか」

「話さなかったと。理由を訊いたが、返答を渋った。平野には警察に協力できない事情があるようだ」

「その背景を知りたいのか」

石井が何度かちいさく頷いた。

「なにを迷ってる」

「人にはそれぞれ事情がある。平野にそう言った。言っておきながら……」

石井が声を切り、グラスを手にした。また空になる。

小栗はバーテンダーに声をかけ、煙草をふかして間を空けた。正面の棚に飾られたシャンパングラスが目に入った。気泡が立つかのようにきらめいている。

「そんな事情があるのに、あんたには話した」石井に顔をむけた。「犯人が憎いんだな。だから、喋（しゃべ）った。あんたは見込まれたんだ」

祐希は人を見る目がある。あとの言葉は目で告げた。

石井が苦笑を洩（も）らした。

「裏切ることにはならんさ」

「すまん」

言って、石井が首を左右に傾けた。神経をほぐすような仕種だった。

「まかせろ」小栗は声を張った。「平野祐希の身辺をさぐってやる。が、警察に協力できない事情が個人的なもので、事件と関係がなければ、あんたには教えん」

「そうしてくれ」

石井の声があかるくなった。

小栗はグラスを持った。ようやくラフロイグの味がした。

「骨のある男はいないかな」

背に声が届いた。うしろに人がいるのを失念していた。

「別れたの、ことし三人目よ。つまらない男ばかりにひっかかってる」

「あんたに見る目がないのよ」

「そうかもね」

からからと笑う声がした。

ここにいるぞ。

いつもの軽口は叩けなかった。


翌日の昼前、小栗は小田急小田原線参宮橋駅のホームに立った。

改札を出て、左へむかう。商店街に人はまばらで、皆が軽装だった。下って、上る。突きあたりを左折し、すこし歩いたところで立ち止まった。右手にマンションがある。高くはないが、木立に囲まれた、どっしりとした建物だ。

住所を確認してエントランスに入り、メールボックスを見た。三〇一に〈平野〉の文字がある。投函口から数枚のチラシがはみだしていた。

エレベーターで三階にあがる。玄関の表札は無記名だった。

チャイムを鳴らした。

《はい》

女の声がした。

「麻布署の者です」

返事がない。

もう一度チャイムを鳴らそうとしたとき、錠を開ける音がした。

ちいさな顔が半分だけ見えた。祐希だ。チェーンがかかっている。

「麻布署生活安全課の小栗だ」

祐希がまばたきをくり返した。

「話がある」

「どのような」

聞き取れないほどの声だった。あきらかに狼狽している。

「葬儀場にいた刑事と出直してもいいが」威すように言う。「どうする」

「すこし待ってください。用意をします」

声がふるえた。

「かまへん」部屋から男の声がした。「入れたれ」

瞳が固まりかけた。聞き違えようのない関西弁だ。

チェーンがはずれ、ドアがおおきく開いた。

「あいかわらず、うっとうしいのう」

城之内六三が言った。

目はたのしそうだ。六本木のクラブ『Gスポット』で遭遇したときもそうだった。

城之内はスエットを着て、コーナーソファに胡坐をかいていた。

小栗は思わず表情を弛めた。ユニクロか。おなじ色柄のものを持っている。

「座れや」

言われ、小栗は片方のソファに腰をおろした。暖房が効いているのに気づき、ジャンパーを脱いだ。下は黒のトックリセーター、深緑色のカーゴパンツを穿いている。

「どあほ」

どすの利いた声が響いた。

テレビの画面に梅宮辰夫のアップの顔がある。両の眉は化粧で隠れている。それでわかった。『仁義なき戦い』の『代理戦争』だったか。三十年以上前の作品だ。

「勉強してたのか」

「あほぬかせ。俺がリアルや」

城之内がこともなげに言った。

祐希がリビングに入って来た。

「ハーブティーですが」

ティーカップを置き、城之内のとなりに浅く腰をかけた。

「塚原はどうした」城之内が言う。「俺を訴えんのか」

「知るか」

ぞんざいに答え、ティーカップを持った。カモミールか。『ゴールドウェブ』の社長室で飲んだことがある。ひと口飲んでカップを置き、煙草を喫いつけた。配慮はしない。城之内にかぎらず、相手が喫煙者とわかれば訊問中でも煙草をくわえる。

祐希が口をひらく。

「礼乃さんのことなら……」

「待てや」城之内が制し、顔をむける。「捜査に加わったんか」

「ひとりで動いている。被害者とは縁があった」

「で、犯人を捕まえたい」

「俺の仕事じゃない。が、事件の背景は知りたい。それが供養だ」

「ふーん」

城之内が胡坐を解いた。DVDを消し、立ちあがる。

祐希が目で追った。

「わたし、どうしたらいいの」

不安そうな声だった。

「好きにさらせ」隣室のドアノブに手をかけた。「寝る。済んだら起こせ」

祐希が頷く。ドアが閉まると、ため息をついた。

小栗は煙草をふかしてから祐希を見据えた。

「長いのか」

「えっ」

小栗は隣室にむかって顎をしゃくった。

「二年ちょっと」

あいかわらず声がちいさい。城之内の耳を気にしているように思えた。二人に関する話は避けたほうがよさそうだ。

「被害者との仲を教えてほしい」

やさしく言った。おびえさせるのは逆効果だ。城之内のもの言いと祐希のそぶりでわかる。祐希は城之内をおそれている。

「おととい、刑事さんに話しました」

「さっきも言った。捜査に興味はない」

「でも、刑事さん……岩屋さんと親しそうに見えました」

「俺のことを知っていたのか」

「いいえ」祐希が頭をふる。「一緒にいた女性は花摘のママですよね。礼乃さんに写真を見せてもらったことがあります。それであなたのことも」

語尾が沈んだ。

言い逃れのように感じた。城之内から自分の話を聞いたか。そんなふうに思うけれど、斟酌（しんしゃく）はしない。不必要な情報は邪魔になるだけである。

「刑事に何を訊かれた」

「礼乃さんとの仲とか、殺される三日前にかかってきた電話でどんな話をしたかとか。最後に事件当日のわたしの行動を訊かれました」

祐希は淡々と喋った。

——好きにさらせ——

城之内のひと言で気分が楽になったのだろう。

岩屋らとのやりとりを聞きながら、頭の中を整理する。殺人捜査にかかわる事柄は避けることにした。

「被害者の印象は。面接に来たときはどんな感じだった」

「ちょっと暗かった。おどおどしているようにも見えた。でも、ステージに立つと別人になったの。ダンスは上手で、顔はきらきら輝きだして、わたし、びっくりした」

もの言いが変わった。祐希の胸中に気がむきかけたが、話を先に進める。

「あんたは被害者の経歴を知らなかったのか」

「ええ。履歴書にはグラビアアイドルと書いてなかった。覚醒剤で逮捕されたことも」祐希が苦笑する。「そう書いてあっても、名前と顔が一致しなかったと思います。雑誌は読まないし、そっちのほうに興味もないので」

「勤めだしてから態度や表情に変化はあったか」

祐希が首をかしげた。否定ではなく、思いだすふうに見える。

「控え目なのは変わらなかったけど、わたしには懐いてくれて、お店のそとでも会うようになりました」

「それなのに、被害者は三か月でカモンを辞めた」

「仕方がなかった。判決のあと引っ越して、ケータイの番号も変え、一から出直すと言っていたのですが、マスコミに嗅ぎつけられて」

「連中が押しかけてきた」

「ええ。週刊誌の記者やカメラマンが何人もやってきました。そとで待ち構えて礼乃さんやお客さんからコメントを取る人や、店内でカメラをむける人もいた。もちろん、営業妨害だと抗議し、礼乃さんをガードしたけど、礼乃さんはこれ以上お客さんやお店に迷惑はかけられないと」

よくある話だ。が、自分なら仕方ないでは済まさない。『花摘』にマスコミ連中が押しかけて来たら殴り飛ばす。

小栗は話題を変えた。

「覚醒剤のことだが、具体的な話を聞いたか」

「どんなことですか」

「始めたきっかけとか、誰とやっていたとか」

「いいえ。彼女がつらくなると思って、わたしも訊かなかった」

小栗は手を伸ばした。ハーブティーは冷めていた。あたらしい煙草をくわえ、火をつける。ここまでの祐希の話にうそはなさそうだ。裁判の記録は読んだ。礼乃が犯罪絡みで実名を口にしたのは売人の通り名だけである。ほかの芸能人の類似裁判とおなじだ。恩義か圧力か。復帰を望んでのことか。被告人はひたすら口をつぐむ。

ゆっくり煙草をふかし、質問を続ける。

「被害者は、芸能界に未練はなかったのか」

「ありました」祐希の顎があがった。目がおおきくなった。「ここで頑張って、おちついたら劇団に戻りたいと」

「劇団にいたのか」

「そのようです」

「何て劇団だ」

「名前は聞かなかったけど、下北沢の劇団に所属していたと」

「女優になりたかった」

「ええ。あの子と映画を観に行くと、そのあと食事をしてもお酒を飲んでも、たのしそうに映画の話をして……」

祐希が声を詰まらせた。

小栗は煙草で間を空けた。

「その話、刑事に話したか」

「いいえ。訊かれませんでした」

「カモンを辞めた理由は」

「訊かれました。でも、くわしくは話さなかった。マスコミに嗅ぎつけられ、礼乃さんはお店に迷惑がかかると言って辞めた。たしか、そんなふうに話したと」

「この先、訊かれても喋るな。刑事が何度もここを訪ねてくれば、心臓が縮むぞ」

「そうですね」

祐希が頬を弛めた。

笑顔にはほど遠い。溜まっていた涙がこぼれそうだ。

「ありがとう」

言って、小栗は煙草を消した。

「もういいのですか」

「ああ。また声をかけるかもしれんが」

「いつでも」祐希が隣室に目をむけた。「どういう仲なのですか」

「わからん」

「変なの」

おどけたように言って腰をあげた。祐希が隣室にむかう。

城之内が姿を見せた。

「煙草を買うてこい」

言われて祐希がクローゼットを開け、白いタンクトップの上からダウンジャケットを着る。財布を手にリビングを出た。

城之内が欠伸を放ち、ゆっくり首をまわした。

「助かった」

小栗のひと言に、城之内が首をひねる。

「なにが」

「おまえがいなければ、あの子は喋らなかった」

「そうかい」面倒そうに言い、煙草をくわえる。ふかしたあと口をひらく。「ところで、六本木の勢力図はどうなってる」

六本木を島に持つ暴力団の力関係という意味だろう。

「情報が入らないのか」

「あいにく警察にコネがない」

「身元引受人は」

「郡司のおっさんか」紫煙を飛ばした。「俺をのけ者にしとる。めざわりなんや」

「何が知りたい」

「大原組はどうや」

「親分の身柄を取られてがたがたになった。飲み歩くやつを見かけん。聞いた話では、古巣の金竜会や東仁会にすり寄る幹部もいるそうだ」

「そんなもんやろ」しれっとして言う。「関東のやくざはへたれだらけや」

「水に染まらんうちに帰れ」

「そうはいかん」

「五島の狙いは何だ」

「本人に訊けや」

ぞんざいに言い、煙草を灰皿につぶした。

小栗はジャンパーを手にした。

「待て」

城之内が声を張った。

かまわず、小栗は立ちあがった。

「俺はマル暴の情報にうとい。ネタを仕入れたら連絡する」

相手が誰であろうと借りは返す。

「そっちは気にせんでええ。話のついでや」

「ん」

小栗は動きを止め、城之内を見つめた。

城之内が言葉をたした。

「相談相手になってやれ」

「……」

「頼む」

城之内が頭をさげた。

見たくはなかった。

小栗は自分の名刺に携帯電話の番号を書いた。

「おまえがよければ、渡してくれ」

名刺をテーブルに置き、背をむけた。

そとに出た。冷たい風が頬をなでる。頭上で葉のこすれる音がした。

参宮橋駅にむかって歩きながら、携帯電話を耳にあてた。石井はすぐにでた。

「平野祐希と話した」
《もう……すまん》
「おなじ台詞を何度も言うな」
からかうように言った。
――……この前から謝りすぎだ。らしくもないことはするな――
石井にそう言われたことがある。
《なにかわかったか》
「女の部屋に城之内六三がいた」
吐息が聞こえた。
《そういう事情か》
「城之内の存在を隠したくて、捜査に協力しなかった」
《平野がそう言ったのか》
「俺の想像だ」
《太田のことは》
「いろいろ聞いた。が、待ってくれ。調べてからだ」
《わかった。むりはするなよ》
小栗は前方を見た。

祐希が近づいてくる。片手に提げたレジ袋がゆれている。視線が合った。祐希が笑みをうかべて会釈をした。

小栗はかるく手を挙げた。

《おい、どうした。聞いてるのか》

「聞こえてる。むりはせん。が、しがらみが増えた」

《どういう意味だ》

「独り言だ。城之内だが、のけ者にされているそうだ」

《おまえに愚痴を垂れたのか》

「愚痴じゃない。あっけらかんとしていた。関東のやくざはへたれだともほざいた。それでも、へたれの動きは気になるらしい。六本木の勢力図を訊かれた」

《教えたのか》

「マル暴ネタは持ち合わせてない」

《それで済んだのか》

石井の口調が熱を帯びてきた。

城之内の動向が気になるのだ。石井は金竜会の金子会長を案じている。

──会長は年内に引退する……何事もなくその日がくるのを願うだけだ──

かつて、石井はしんみりと言った。

小栗は、暴力団の情報を集め、城之内に流してやるつもりでいる。さっきの借りを返すだけではない。石井のためでもある。

「心配するな。こう見えても人づき合いは上手いんだ。またな」

通話を切った。

参宮橋駅のホームに立った。

人の姿はない。片隅で猫がまるくなっていた。風はさらに強くなった。

翌朝、小栗はいつものカフェテラスにむかった。家を出る直前に電話が鳴った。会えないか。捜査一係の岩屋のひと言は友に話しかけるようだった。太田礼乃の葬儀で顔を見たのがいつ以来だったか、記憶にない。小栗は二つ返事で応諾した。そうする相手は片手の指を折るまでもない。

岩屋は壁際の席で煙草をふかしていた。

短い挨拶のあとウェートレスにコーヒーを頼み、煙草をくわえた。

岩屋が口をひらく。

「きのうはどこへ」

「ん」

ライターを持つ手が止まった。

「意外なところで見かけた」

「どこで」

「参宮橋駅の改札から出てきた。昼前だった」

「声をかけてくれたらよかったのに」

言って、小栗は煙草に火をつけた。

「車を運転していた。ほんとうのことを言えば、声をかけようとしたが、やめた。邪魔をするのはね」岩屋が目で笑う。「人は相手によって別の話をすることもある」

「なるほど」頷き、紫煙を吐いた。「岩屋さんも会いに行った」

「そう。が、会えなかった。居留守を使われたようだ」

さりげなく言い、岩屋がコーヒーで間を空ける。

ウェートレスがコーヒーを運んできた。

小栗はフレッシュをおとした。ちかごろはそうすることが多くなった。歳を食ったとは思わない。まだ四十前だ。連夜の酒が応えている。日曜のきのうは日付が替わって福西が家にやってきた。キャバクラ嬢の愛実の自宅に張りついていたが、愛実は終日あらわれなかったという。焼肉店から一緒に戻った東仁会の島田も姿を見せなかったそうだ。福西の邪推と妄想を聞いているうち酒が進んだ。午前二時に追い返したが、そのときはシャワーを浴びるのも面倒になっていた。

コーヒーを飲んでから視線を戻した。

「捜査本部の刑事と一緒だったのですか」

「ひとりだよ。相棒は群馬に帰った。あすは戻ってくるようだが」岩屋がおどけるように肩をすぼめた。「ところで、会えたのか」

小栗は頷いた。

岩屋は自分が平野祐希の家を訪ねたと決めつけている。が、そのことに不満はない。むしろ好都合だ。近い日に岩屋と話すときがくると思っていた。

「その前に、岩屋さんはどうして会いに行ったのですか」

「気になることがある」岩屋が煙草をふかした。「被害者がカモンにいたのは三か月。そのあとも祐希は被害者と食事をし、買い物や映画にもでかけていた。その割には被害者に関する情報がすくなかった。殺害される三日前に被害者は平野に電話をかけたのだが、そのときの話の中身も気になる。通話時間は三分五十四秒。平野が証言した中身なら一分もかからなかっただろう」

「葬儀場から連れだして話を聞いた」岩屋が頷くのを見て続ける。「そのときに疑念をぶつけなかったのですか」

「通話記録を見たのはそのあとだ。きのう声をかけなかった理由はほかにもある。あなたと平野は顔見知りのように感じた。で、あなたに期待した」

小栗はコーヒーを飲んだ。

期待はずれになるところだった。そう言いかけた。思い留まったのはその理由を説明したくないからだ。岩屋に石井のことは話せない。言葉を選んだ。

「顔は知っていたが、話したのはきのうが初めてだった」

岩屋が目を見開いた。意外そうな顔になった。

「てっきり事情聴取をかけていたと」岩屋が右手を後頭部にあてた。「肝心なことを忘れていた。あなたがものぐさだということを」

何の話をしているのか、考えるまでもない。二か月前の賭博事案だ。『カモン』の店長を逮捕したのだから関係者に事情を聞くのはあたりまえである。マンション麻雀の賭場を急襲し、七名を現行犯逮捕したあと、小栗は補充捜査を福西らにまかせたのだった。

岩屋が言葉をたした。

「そのあなたがなぜ、平野の家に」

「気まぐれかな。知らぬ仲ではないし、事件の背景に興味を覚えた」

「仲といえば、ゴールドウェブの石井社長とも親しいそうだね」

「本人がそう言ったのですか」

「社長はあなたの名前を口にしなかった。が、社長に訊問したあと、社員二人から話を聞いた。そのさいあなたの名がでた。社長は口止めしなかったんだろう」

岩屋が淡々と言った。

小栗は息をついた。人との関係は一対一が基本である。友人知人どうしがつながれば気遣いが増える。誰が誰とつながろうと勝手だが、つなげようとは思わない。おなじことは祐希にもあてはまる。

――いやなやつに絡まれてる――

礼乃が電話で話したというひと言は捜査上重要な証言となる。

だがしかし、現時点で岩屋に教えるつもりはない。祐希は石井と会ってなにかを感じ取り、話してもいいと判断した。恋人の城之内の了解を得て、自分にも話した。おそらく祐希はひとりで胸にかかえるのがつらかったのだ。

その反面、祐希は城之内に累が及ぶのをおそれている。

被害者に絡んでいた〈いやなやつ〉を特定する。

自分にやれることはそれだけである。

――人にはそれぞれ事情がある。平野にそう言った。言っておきながら……――

迷う石井を初めて見た。

――裏切ることにはならんさ――

己のひと言は気休めでは済まされない。石井は信念を曲げてまでも自分を頼った。

――相談相手になってやれ――

城之内の言葉は重石にも足枷にもなった。

「それでは、訊問を始める」

声がして、それていた視線を戻した。

岩屋がにやりとした。煙草を消し、肘掛にもたれる。

「アポは取っていたの」

気さくなもの言いに変わった。

「なしです」

「平野はどうして居留守を使わなかったのかな」

「さあ」

小栗はとぼけた。

岩屋が首をかしげた。が、すぐに姿勢を戻した。

「目的は」

「供養かな。知ってのとおり、身近に悲しむ者がいる」

うそはつきたくない。いずれ岩屋と連携することになる。

「花摘のママはショックだろうね」

「気丈に振る舞ってはいるが……力になりたい」

「ひとりで動く気か」

「そうしたい気持はあるが、いまは事案をかかえている」

「どんな……いや、失礼。癖だね。口が滑った」

「構いませんよ」鷹揚に言う。「麻薬取締官の手伝いです」

「面倒そうだな」

「いやになる」

投げやりに返した。

「平野に何を訊いた」

「思い出話。被害者との出会いからいろいろ教えてもらった」

「気になることは」

小栗は首をふった。

「俺に話したことは刑事にも話したと」

言いながら、小栗は頭を働かせた。祐希と城之内、石井に迷惑が及ばない範囲の情報はないか。祐希とのやりとりを反芻した。

「どうした」岩屋が顔を近づける。「気になることでも思いだしたか」

「そういうわけじゃないが、夢の話を聞いた」

「夢……どんな」

「被害者は女優になりたかったそうです。覚醒剤事案で頓挫したけれど、おちついたらもう一度めざしたいと言っていたらしい」

「ゴールドウェブに入社し、おちついていたんじゃないのか」

「カモンで働いていたころの話だそうです。ゴールドウェブに勤めてからはその話を聞かなかったというから、諦めたか、普通の女に満足したのかも」

「が、あなたはその話が気になる」

「印象に残った。その程度かな」

うそと本音が入り混じった。

――あの子と映画を観に行くと、そのあと食事をしてもお酒を飲んでも、たのしそうに
映画の話をして……――

そう言って、祐希は涙ぐんだ。

その顔が瞼に焼き付いている。祐希が感情を乱したのはそのときだけである。それほど礼乃は芸能界復帰に熱い思いを抱いていたのだろう。が、推測は疑念にまでひろがらなかった。頓挫や挫折を経験しなくても夢や目標が変わることはよくある。

「電話の件は聞いたか」

「クリスマスの予定を訊かれ、あとは雑談だったと」

「ほんとうにそう言ったのか」

また岩屋の首が傾く。下からさぐるような目つきになった。

小栗は動じない。駆け引きは得意だ。

「三分五十四秒……雑談だけでもそれくらいはあっという間でしょう」

「通話時間だけではないんだ」岩屋が姿勢を戻した。「通話記録を丁寧に調べた。被害者が夕方に電話をかけたのはその日の一度だけだった。平日の昼間か土日祝日ばかりで、それ以外はメールを利用していた。平野のほうもおなじだ」

「そっちの通話記録も調べたのですか」

「疑念があれば追及する。あたりまえだ。ただし、この件は単独で動いた。群馬県警の者と相談するほどのことではない」

「群馬の刑事は疑念を抱かなかった」

岩屋が目で頷いた。

この男は鋭い。小栗は改めて思った。

「あなたが平野の家を訪ねたことも報告するつもりはない」

「遠回しな言い方はやめませんか」

小栗は息をぬいた。岩屋とのやりとりは疲れる。根競べのようなものだ。

岩屋もおなじなのか。煙草をくわえ、火をつける。ゆっくりとした動作だった。

小栗は視線をふった。岩屋のペースに合わせるのは癪にさわる。

二人の男が入って来た。麻布署組織犯罪対策課四係の係長と部下だ。係長とは因縁がある。かつて石井の仇敵（きゅうてき）だった。係長が右手を挙げたが、小栗は無視した。

「どうだ」岩屋が言う。「わたしと組まないか」

「群馬県警に義理はない」

「わたしもない。疑念をほうってはおけない性分でね。あなたもおなじだろう。殺人捜査に興味はなくても、事件の背景は気になる」

「邪推は迷惑」声を強めた。「たとえそうでも、事案をかかえている」

「自分が動くさ。あなたは情報を提供してくれるだけでいい」

小栗は顎をあげた。そろそろおわりにしたい。神経が消耗する。

「情報が入れば連絡します」

「つぎに期待するよ」

岩屋が目元に皺（しわ）を刻んだ。老木の年輪のようだ。

「結果は教えてくれるんでしょうね」

「もちろん」

言って、岩屋がコートを手にした。

袖口がほころび、ところどころ色が褪（あ）せている。

小栗は岩屋の気質を見た気がした。

★

★

小田急小田原線下りの普通電車はがらがらだった。

岩屋は梅ヶ丘駅のホームに立ち、時刻を確認した。午前九時五十三分。遅れはない。コートの襟を立て、南口へむかう階段を降りる。

改札口のむこうで男が会釈した。館林署の中川だ。

「ご苦労さん」気さくに声をかけた。「ここに直行したの」

「はい。ご足労を願って恐縮です」

中川が丁寧に返した。

「どうする。さっそく聞き込みにまわるか」

前夜に中川から電話があった。被害者の自宅周辺での聞き込みと『ゴールドウェブ』の関係者に事情を聞きたいので同行を頼みたいと言われたのだった。

「その前に話しておきたいことがあります」中川が商店街を指さした。「中ほどに喫茶店を見つけました」

「喫えるのか」

岩屋は右手の人差し指と中指をくちびるにあてた。

中川がにこりとした。

他人の耳が気になったが、先客は男一人と女二人の二組だった。男はくわえ煙草でスマートホンを見つめ、女たちは笑顔で話していた。

岩屋は壁際の席に座り、煙草をくわえた。女らは喋りまくっている。旅の話のようだ。年末年始にでかけるのか。なんとなく聞いているうち小栗の声がよみがえった。

――三分五十四秒……雑談だけでもそれくらいはあっという間でしょう――

そうだろうか。岩屋は首をひねった。取調室で被疑者と向き合えば時間が経つのを忘れる。が、四分の雑談がどれほどのものか。想像したこともなかった。

ウェートレスが来た。中川の前にモーニングセットを置く。

「食べながらですみません」中川が言う。「朝飯を食う時間がなくて」

「かまわんよ」

言って、岩屋はコーヒーをブラックで飲んだ。

中川がスクランブルエッグをトーストにのせる。音を立て食べだした。食欲は旺盛のようだ。それに、早い。岩屋が煙草をふかしている間に皿は空になった。紙ナプキンで口を拭い、アイスコーヒーを飲んでから煙草を喫いつける。

「電車に乗る前に駅でうどんでもと思ったのですが、先輩が一緒で」

「先日の警部補かな」

群馬県警本部捜査一課の警部補の名前は失念した。そんなものだ。必要のないものまで覚えようとすれば頭が破裂する。

「いいえ。じつは、自分のほかに四人が上京しました」

「そりゃ大変だ。往復するだけでも疲れる」

「泊まりです。自分も今週いっぱいホテルを予約しました」

岩屋は胸でため息をつき、中川には心配顔を見せた。

「荷物は」

「駅のロッカーに預けました」

「不便があれば遠慮なく言ってくれ」

「ありがとうございます。さっそくですが、滞在中にやることを話しておきます」中川がジャケットのポケットから手帳を取りだした。「自分の担当は被害者の足取りです。被害者は先々週の金曜の夕方に電話をし、母親にこれから帰ると伝えた。母親によれば、そんなことはこれまでなかったそうです。急に里帰りを思いついた背景は何か。それをさぐるために足取りを追うことになりました」

「ほかの四人は」

「被害者の人的関係です」

「つまり、捜査本部は怨恨に的を絞った」

「重点を置いたというところです。理由は二つ。被害者に抵抗した痕跡がない。実家の周辺では高校の同級生数名以外につき合いがなかった。もちろん、その二点で怨恨と決めつけるのは危険なので、通り魔的な犯行も視野に入れている」

中川の目が熱を帯びてきた。もの言いも変わるのでわかりやすい。

「犯行現場は特定したのか」

「捜査中です」

「金曜と犯行当日の通話記録は」

岩屋は畳みかけた。感情が昂(たかぶ)れば口は滑りやすくなる。

「当日はなく、金曜はメールをふくめて二件でした」

岩屋は目をぱちくりさせた。

金曜の相手は母親と『ゴールドウェブ』の佐伯弥生だ。弥生からは話を聞いた。石井社長が喫茶店によこした社員二人の片方が弥生だった。彼女によれば、午後六時半ごろ《いま電車の中》とのメッセージから始まり、三往復の交信のあと《月曜に会社でね》との文言が最後に届いたという。中川は確認済みだろう。メールの文言は記録に残る。

中川が言葉をたした。

「被害者の里帰りを母親と佐伯弥生しか知らなければ、怨恨説は崩れてしまう。二人ともそのことは誰にも話してないと証言しました」

「被害者は金曜以前に、実家に帰ることを誰かに話したと」

「その推測のウラを取るために五人で来たのです」

「被害者のケータイは一本だけ」

「名義上は。その点も確認します」

中川が息をつき、視線をおとした。灰皿から煙が立っている。短くなった煙草を消し、あたらしい煙草をくわえた。

岩屋は視線をあげた。天井が低いように感じる。不安のせいか。『カモン』のマネージャー、平野祐希が再度の訊問を受けるのは目に見えている。そのさい祐希が麻布署生活安全課の小栗と会ったことを話せばややこしくなる。小栗が追及されるだけでなく、小栗と接点のある自分にも矛先が向くだろう。

「失礼」

言って、岩屋は席を離れた。

トイレに入り、携帯電話を握る。私物のほうだ。小栗にショートメールを送った。

岩屋はコートのポケットに両手を隠し、外苑東通を六本木にむかって歩いた。闇が降りている。ときおり、突風が足元をすくうように流れる。

ついさっき中川と別れた。捜査本部の仲間と合流すると聞いた。太田礼乃の自宅周辺での聞き込みと『ゴールドウェブ』関係者への訊問は徒労におわった。落胆はしない。それが普通だ。何十人から話を聞いても頭が反応しないことはざらにある。

個人的には収穫があった。別れぎわ、中川があすの予定を口にした。夕方にはショーパブ『カモン』とバー『花摘』を訪ねたいそうだ。それを聞いて胸が軽くなった。相棒の行動予定がわかれば対応し易い。

道行く人が増えてきた。若者が多い。大半は笑顔だ。

東京ミッドタウンを過ぎて足を止めた。

つぎの路地を左折した先に『カモン』がある。少考したのちまっすぐ歩きだした。たとえ群馬県警の者が店を訪ねたとしても、小栗が手を打っているだろう。

六本木交差点は車が渋滞していた。見慣れた光景である。

交差点を突っ切った。歩きながら行く先を決めた。

口笛が聞こえた。黒人男がステップを踏みながら空を見あげている。客引きをするには早いか。午後六時半を過ぎたところだ。

路地を左折し、ゆるやかな坂をくだる。雑居ビルに入り、エレベーターに乗った。

バー『花摘』の扉を開けた。

やわらかな音が流れている。ミュートを使ったトランペット。Miles Davis か。そう思うが、自信はない。

「いらっしゃい」

ママの詩織があかるく言った。カウンターの中にいる。ひとりだった。

「仕事じゃないから」

「見たらわかります。刑事さんは二人一組で動くのよね」

岩屋は肩をすぼめた。詩織の笑顔に助けられた。コートを脱いでカウンターに座る。

詩織がおしぼりを差しだした。

「何にしますか」

「ビールを」

言って、煙草をくわえ、火をつけた。

詩織がグラスを置き、ビールの小瓶を傾ける。

「まだあっちのお手伝いを」

「そう。さっき俄か相棒と別れた」

「ご苦労様です」

詩織が頭をさげた。

岩屋はビールを飲んだ。咽がひろがったように感じた。

「ママはジャズが好きなのか」

詩織が首をふる。

「ユウセンのチャンネル、何年もさわったことがないの」

「そうか」

言ってグラスを空け、煙草をふかした。

「オグちゃんと待ち合わせ」語尾がはねた。「電話しようか」

「いらない。酒がまずくなる」

詩織が目の端で睨んだ。いたずらっぽい仕種だ。

「冗談だ。二人でいるところに群馬の連中がくればややこしくなる」

「くるの」

「こないだろう。あすは自分と相棒でくるかもしれない」

「そう」声が沈んだ。「でも、岩屋さんが一緒なら心強い」

詩織が言いおわらないうちに扉が開いた。

女が足を止めた。把手を持ったままだ。弥生の瞳は固まって見えた。

「大丈夫よ」詩織が声をかける。「いまはお客さん」

弥生が表情を弛めた。

もうひとりいる。『ゴールドウェブ』で見かけたが、自分は訊問しなかった。

「いらっしゃいませ」

二人が声をそろえた。クローゼットにコートとバッグを仕舞い、寄ってきた。

「きょうからなの」詩織が言う。「この子たちがいないとお客さんがさみしがって」

「そりゃそうだろう」

元気な声で返し、二人にドリンクを勧めた。

「明日香です」

となりに座った女が言った。

弥生はカウンターに入り、詩織とならんだ。

女たちとグラスを合わせたあと、岩屋は首を右に左に傾けた。居心地が悪い。何を喋っていいのかわからない。どんな話題も殺人事件に結びつきそうな気がする。

「岩屋さん、犯人を捕まえてね」言って、詩織が女らを見た。「岩屋さんはプロ中のプロだって。オグちゃんが言ってた」

「へえ」明日香が目をまるくした。「お願いします」

明日香に続いて、弥生も頭をさげる。

「がんばるよ。でも、小栗はうそつきだからな」

「それは聞きました。ずぼらでうそつき、あんないいかげんな男はいないって」

「誰が言ったの」

詩織が明日香に訊いた。

「近藤さん」

岩屋は思わずふきだした。

「あの人は小栗の上をいく」

「大うそつきってことですか」

「そうかもな」

明日香の問いに答えた。

詩織が割り込む。

「オグちゃんをけなすのは信頼の裏返しなのよ」

「はいはい」明日香がおどけて言う。「ママはオグさんが一番なんだから」

「あたりまえよ」

詩織の顎があがった。

そのとき靴音がした。

男たちが入って来た。

「いらっしゃい」

詩織が声をはずませた。

弥生と明日香の頬が弛んだ。弛み過ぎて泣きそうな顔にも見える。

スーツ姿の男が五人。最後に入って来たのは『ゴールドウェブ』の石井だった。

岩屋は目で挨拶をした。

石井がほほえみ、奥のベンチシートにむかった。

弥生と明日香が接客を始める。

詩織がアイスピックを持つ。氷を割る音が響いた。

ほどなくして岩屋は席を立った。

詩織がついてくる。

エレベーターで一階に降りた。

「きょうは、ありがとう」

言われ、岩屋は手のひらをふった。

「かえって気を遣わせた。ママのおかげで楽になった」

「とんでもない」

「石井社長はよく見えるの」

「ええ。でも、お客様を連れてきたのはひさしぶり」

詩織が目を細めた。

「ママ、おはようございます」

近くで女の声がした。

視線をふった先に、両手で男らの腕をつかむ女がいた。

「あら、天満さん。前川さんも……いらっしゃいませ」

詩織が腰を折る。

岩屋はそっと離れた。

★　★

頭上にまるい月がある。

平野祐希は月にむかってほほえみかけた。こんやの自分を映しているように見える。月よりも輝いている。そんな気もする。

西麻布のナイトクラブ『フィンガー』を出たところだ。

日付が替わる直前にメールが届いた。

——西麻布のフィンガーにこい。一時までおる——

城之内のメールがうれしかった。一時までおる。そんな文言は見たことがなかった。いつもは二時ごろまで『カモン』にいるのだが、スタッフにあとを頼んだ。『フィンガー』ではほとんど相手をしてくれなかった。城之内は店の従業員らと話していた。祐希はワインを飲み、料理をつまんで聞いていた。ボクシングと女の話だったか。機嫌のよさそうな城之内の声が心地よかった。

扉が開き、城之内が出てきた。「またな」見送りの男に声をかけ、歩きだす。

祐希は左側に寄り添った。くっつきたいけれど我慢した。腕を組めば叱られる。

「寒くないの」

声をかけた。

黒のジャケットに黄土色のマフラー。手ぶらだ。

「もう一軒、行くか」

祐希は首をふった。

「ほな、いの」

城之内が足を速めた。

十メートルほど進めば外苑西通にでる。そこを左折すれば西麻布の交差点だ。

前方で音がした。路肩に車が停まっている。ドアが開き、男らが飛びだしてきた。三人か。皆が大柄で、目出し帽を被っている。

足がすくんだ。悲鳴がでそうになった。

「どいとれ」

城之内に左腕で払われた。

祐希は建物の壁にさがった。

二人の男が左右にひろがる。中央の男が鉄パイプをふりかざした。先が槍のようにとがっている。奇声を発し、突進した。
一瞬早く、城之内が身をかがめる。
「あっ」
声が洩れたときはもう、城之内の頭が男の顎にぶつかっていた。
男がもんどりを打つ。鉄パイプが城之内の足元に転がった。
右の男の木刀が風を切る。
城之内が身体で受け止める。鈍い音がした。
祐希は地蔵になった。目も固まった。目に見えていることが頭に伝わらない。
城之内が木刀をかかえ、左手で男の襟をつかむ。
「おどれ、どこの者や」
城之内が目出し帽に手をかける。
左の男が城之内のうしろから接近する。手にナイフ。きらりと光った。
「あぶない」
祐希は叫んだ。
城之内が体をかわした。
が、遅かった。城之内が自分の左腕を見る。鬼の形相だった。
ナイフを持つ男が体勢を立て直す。

城之内が腰をかがめた。

「死ね」

咆哮し、男がナイフをふりおろす。

祐希は目をつむった。

「ひいっ」

悲鳴が聞こえ、目を開ける。

ナイフを持つ男の太股に鉄パイプが刺さっていた。

「ずらかれ」

中央の男のひと声で左右の男が退く。木刀を持つ男が太股に刺さる鉄パイプをぬき、仲間を肩に担いだ。三人は靴音を響かせ、黒い車に消えた。

城之内は追わなかった。地面に膝をついている。

「ムッちゃん」

祐希は駆け寄った。滑るように両膝をついた。

「縛れ」城之内がマフラーをはずした。「腕の付け根や。きつう縛れ」

言われたとおりにする。が、力が入らない。指先まで固まっている。

「俺を殺す気か。もっと縛らんかい」

言って、城之内が携帯電話を手にした。

「口の堅い医者はいてませんか。とんだへまを……たいしたことは……六本木三丁目の猫(ねこ)山(やま)クリニック、金海寺という寺のとなり……おおきに」

通話を切り、城之内が息をついた。顔がゆがんでいる。

「覚えたか」

頷き、復唱した。

「よっしゃ。通りに出て、タクシーを拾え」

祐希は自分のトレンチコートを城之内の肩にかけてから走った。

タクシーはすぐにつかまった。自分が先に乗る。運転手に声をかけた。

「六本木三丁目の猫山クリニックに」

「番地はわかりますか」

「金海寺というお寺のとなりです」

「それだけでは……」

「どつくぞ、われ」城之内が凄(すご)んだ。「ものぐさせんと、調べんかい」

運転手がナビゲーターのパネルにふれる。

車が動きだすまで、祐希は何度も空唾をのんだ。左手は城之内に握られている。脈が伝わってきた。城之内の汗が手のひらに沁(し)みた。

トレンチコートの左側は血に染まっている。だらりとさげた左手は真っ赤だ。指先から血が滴りおちる。ぽたぽたと音が聞こえそうだ。

木造二階建ての塀に〈小児科　皮膚科　猫山クリニック〉のパネルがある。門灯は消えているが、玄関の隙間から灯がこぼれていた。

祐希は駆け寄り、チャイムを鳴らした。

「もう、ええ」

背にかすれ声が届いた。

「だめ」ふりむき、叫ぶように言う。「一緒にいる」

「仕事の邪魔や」

「なに言ってるの」

声がひきつった。城之内に近づき、顔を見つめた。

額に汗がにじみ、くちびるは色を失くしている。

城之内の右手が動いた。

肩を抱かれた。祐希は額を城之内の右肩にあてた。ふるえが伝わってきた。

「どなた」

玄関のむこうから男の声がし、ドアが開いた。

「郡司の紹介や」

城之内が言った。

「入れ」

男が言い、くるりと背をむける。

「直に郡司がくる。ややこしい話になるさかい、消えろ」

「でも……」

「言うことを聞かんかい」

城之内が低い声を発し、身体を離した。

「おわったら……」

「きょうは家に帰る。おまえも……その前に、ここを離れたら小栗に連絡せえ」

「話していいの」

「かまへん。あいつは男や。はよ行け」

城之内がトレンチコートを脱いで渡し、玄関に入る。

「ぐずぐずするな」

奥から怒鳴る声が聞こえた。

音もなく玄関のドアが閉まった。

「お願いします」

声がでた。両手でコートを握りしめたまま、祐希は深々と腰を折った。

血の付いた部分を隠すようにトレンチコートをまるめ、路地を歩く。雲の上を歩くような感覚だった。状況を受け入れられない自分がいる。太田礼乃の葬儀から一週間も経っていない。心の疵はさらに深くなった。が、そんなことはどうでもいい。お願い、生きて。祐希は譫言のようにつぶやいた。

どこかで犬が吠え、我に返った。携帯電話を耳にあてる。相手の番号は城之内から聞いて登録してある。すぐつながった。

《はい、小栗》

「カモンの平野です」

声になったか自信がなかった。

《こんな夜中にどうした》

「ムッちゃん……城之内さんが怪我をして」

《喧嘩か》

「襲われたんです。腕を切られて」

返事がない。二、三秒か。十倍にも感じた。

「小栗さんに電話しろと」

《やつは病院か》

「はい。六本木三丁目の……」

《あとで聞く》小栗が強い声でさえぎった。《あんたは無事か》

「はい」

《六本木けやき坂にＢ ｂａｒという店がある。ティファニーの裏だ。そこで会おう》

「これからですか」

《のんびりしてたら打てる手も打てんようになる》

「わかりました。タクシーでむかいます」

言いおえる前に通話が切れた。

バカラ直営の『Ｂ ｂａｒ』はがらんとしていた。

「いらっしゃいませ」

バーテンダーが笑顔で言った。

「待ち合わせなのですが、大丈夫ですか」

「もちろんです。四時まで営業しています」

祐希は腕の時計を見た。まもなく午前三時になる。カウンター席かテーブル席か。迷ったあと、奥のテーブル席に座った。間近にシャンデリアがある。

バーテンダーが来た。

「お預かりしましょうか」

手のひらを床にむけた。

足元にトートバッグがある。破裂しそうにふくらんでいる。タクシーの中でトレンチコートを折り畳み、バッグに詰め込んだ。革製なので血がにじむ心配はないけれど、見られるのがいやで座席には置かなかった。

祐希は力なく首をふった。

「薄い水割りをください」

「かしこまりました」

水割りのグラスが届く前に小栗がやってきた。

ダッフルコートを脱いで祐希の正面に腰をおろし、バーテンダーに声をかける。

「ラフロイグのオンザロックとシングルを。チョコレートも」

言って煙草をくわえ、火をつける。

「あんた、喫わないのか」

「喫います」

か細い声になった。意外な質問だった。

「すこし喫って、おおきく吐きだせ。楽になる」

祐希は視線をおとした。煙草はトートバッグの底のほうだ。

小栗が身体を傾けた。

「汚れものか」

「ええ」

「これで我慢しろ」小栗が煙草のパッケージとライターをテーブルに載せた。「俺は根性なしだから一ミリだが」

「城之内さんも」つい口が滑り、苦笑が洩れた。「頂戴(ちょうだい)します」

一服したところにバーテンダーが来た。

小栗がショットグラスを指さした。

「ひと息に飲みな。血の気が戻る」

言われたとおりにした。なぜか素直になれる。

「チョコレートを食べながら話そう」

小栗がタンブラーを傾け、煙草をふかした。

「怪我の具合は」

「わからない」首をふった。「出血がひどかった」

左の二の腕を指さし、マフラーできつく縛ったと言い添えた。

「どこの病院だ」

「六本木三丁目の猫山クリニック。電話で聞いて」

「誰に」

祐希は目をしばたたいた。矢継ぎ早の質問に考える隙もない。

「郡司だな」小栗が決めつけるように言う。「あの病院には金竜会の者が駆け込んでいると聞いたことがある」

祐希は頷いた。迷いはない。

——あいつは男や——

城之内がそう言った。どういう意味かわからないけれど、城之内の意思には従う。男と女は理屈ではない。いつしか、そう思うようになった。

小栗が言葉をたした。

「あんたは郡司を知ってるのか」

「ええ。お店で何度か。城之内さんと一緒に来たこともありました」

「郡司はあんたと城之内の仲を知ってるのか」

「知らないと思います。城之内さんは誰にもわたしを彼女だと言ってくれません」愚痴っぽくなった。「さっきも、郡司さんがくるからと、病院の前で追い返されました」

「ふーん」

小栗がソファにもたれ、煙草をふかした。

思案する表情に見える。祐希はチョコレートをつまんだ。カカオの香りが強い。水割りを飲んでもチョコレートの味は残った。

「どこで襲われた」

「西麻布のフィンガーというお店から出たところを」

祐希は現場の状況を詳細に話した。途中で胸に手をあてた。鼓動が速くなり、水割りを飲んだ。小栗に勧められ、煙草も喫った。

「三人組は黒い車に乗ったんだな」

小栗が確認するように言った。

「ええ。路地を出たところに停まっていました」

「車種はわかるか」

「ミニバンです」

「間違いないか」

「はい。城之内さんも似た車に乗っています」

「声に特徴はあったか。やくざふうとか、関西弁とか」

「ずらかれ……憶えているのはそれだけです」

「襲いかかるときも無言だった」

「そう思います」

小栗が腕の時計を見て、視線を戻した。

「心配だろうが、とにかく身体を休めなさい」

やさしい口調だった。

「小栗さんは病院に行かれるのですか」

「やくざは苦手なんだ」

小栗が目元を弛めた。

「犯人は」

「捕まえろと……城之内の伝言か」

祐希は首をふった。

「やつの仕事の邪魔はせん」

小栗がこともなげに言った。

祐希は目を見開いた。

――仕事の邪魔や――

城之内の声が鼓膜によみがえった。

「出よう」

小栗が腰をあげた。

祐希はトートバッグを手にした。重い。感覚が戻ってきたのだ。血を吸ったトレンチコートは城之内の生命のようにも感じた。

★　★

平野祐希をタクシーに乗せたあと、小栗は別のタクシーで港区白金へむかった。

――やくざふうの二人が車で乗りつけ、マンションに入りました――

福西からそう連絡があった。『花摘』を出て、詩織とラーメンを食べているときだ。「これからむかう」返答した直後に祐希が電話をよこしたのだった。

路肩に4WDが見えた。地域課の南島の車だ。麻薬取締官の光山が用意した車は傷めたリアバンパーが心配なので点検にだしたという。きのうのことだ。福西は些細なことを気にする。小心者なのだ。

小栗はタクシーを降りて、4WDの中を覗いた。

運転席には地域課の南島が座り、福西は助手席で目をつむっていた。

小栗は後部座席に乗った。

福西がふりむく。指で目をこすった。

「遅かったですね」

「うるさい」

怒鳴りつけた。『B bar』へむかう途中で、遅れる、と伝えてある。

「男らはどうした」

「十五分ほどで中から出てきて、乗って来た車で去りました」

「男らがマンションに入ったあと、エレベーターを確認したか」

「むりです。車の運転席に人がいました」

「車種は」

「黒のアルファードです」

「ナンバーは確認したな」

「もちろん」

福西が声を強めた。

運転席の南島がふりむき、手を伸ばした。

受け取ったメモ用紙には〈品川3△×　に　△7○1〉と書いてある。

「照会中です」

福西が口をひらく。

「あとを尾けたほうがよかったんじゃないですか」

「いまさら遅い」

つっけんどんに返した。

言われなくても悔やんでいる。祐希から襲撃者が乗った車のことを聞いたとき、福西に電話をかけようとした。が、祐希を優先した。

「南島、所有者が判明したら電話をくれ」

「はい」

福西が顔をむけた。

「どちらへ」

「帰って寝る」

福西が目をぱちくりさせた。

「自分らは」

「島田が出てきたらあとを追え」

柏木愛実が東仁会の島田と一緒に帰宅したとの報告は受けた。

福西が眉尻をさげた。泣きそうな顔になる。どうせ演技だ。

「朝になれば島田は出てくる」

「どうして言い切れるのです」

「勘だ」

そうではない。確信している。城之内を襲った連中と愛実のマンションを訪ねた二人は同一人物だろう。時間的にも符合する。だとすれば、島田は早々に動く。城之内の報復に対応するためだ。

「島田の行く先を突き止めたら好きなだけ寝ろ」

「そうします」

福西が声をはずませた。

「南島。悪いが、夕方からここを見張ってくれ」

「承知しました」

福西が首をかしげた。

「なんだ」

「南島にはやさしくないですか」

「鏡に訊け」

言って、ドアを開けた。


翌朝、東急東横線と京王井の頭線を乗り継ぎ、下北沢駅で降りた。南口の改札で麻布署捜査一係の岩屋に迎えられた。

「ご足労を願って申し訳ないです」

小栗は丁寧に言った。

「とんでもない。声をかけてくれて、ありがとう」

岩屋が笑みをうかべた。

商店街の喫茶店に入った。小栗はコーヒーのモーニングセット、岩屋はコーヒーを注文した。二人して煙草をくわえる。

煙草が美味くない。寝不足のせいか。アパートに帰ったのは午前五時前だった。シャワーを浴びるのも面倒なほど疲れていたのに寝付けなかった。思わぬ展開の連続に頭が対応できなかった。あれもこれもと、これからやることがうかんだ。一時間ほどの眠りで目覚めたのは頭が眠らなかったからだろう。八時に起き、ペーパーフィルターでコーヒーを淹れながら岩屋の携帯電話を鳴らした。

――行きたいところがあるのですが、つき合ってもらえますか――

――よろこんで――

二つ返事だった。行く先も目的も訊かなかった。待ち人、来る。そんな心中だったか。待ち合わせの場所だけ告げて通話を切ったのだった。

「これからどこへ」

岩屋の目は好奇の色を宿している。

「劇団の事務所です」

さりげなく言った。

情報源は話さない。平野祐希の好意に泥を塗る。城之内への筋目を違える。ましてや城之内は面倒をかかえて深手を負った。警察の介入は望まないだろう。

眉をひそめたが、岩屋は自分を納得させるかのように頷いた。

「目的くらいは教えてくれるよな」

「被害者は劇団に所属していた。覚醒剤で逮捕される前のことだが、気になって」太田礼乃が女優志望だったことを話した。「劇団への復帰を願っていたのに、夢を熱く語っていたのに、どうして断念したのか。気にしすぎでしょうか」

岩屋が首をふった。

「いま聞いて、わたしも興味が湧いた」岩屋が煙草で間を空ける。「じつはね、被害者の身辺を洗い直そうとしていたところなんだ」

そこで岩屋が口をつぐんだ。

中年女が注文の品を運んできた。

小栗は煙草を消し、ちいさなフォークを持った。ミニサラダを食べる。

「ゆっくりでかまわんよ」

言われ、小栗は顔をあげた。確認するのを失念していた。

「群馬の相棒はいいのですか」

「午後一時に待ち合わせた」

「予定を変更した」

「そうではない。が、そうしてでもあなたを優先したさ」

岩屋の目尻に皺ができた。

小栗は視線をおとした。トーストを食べ、ボイルドエッグを頬張る。紙ナプキンをくちびるにあて、コーヒーを飲んでから煙草に火をつけた。

岩屋が口をひらく。

「謎のケータイがうかんできた。ゴールドウェブの佐伯弥生は知ってるね」

「ええ」

「被害者はあの子と仲がよかったらしい。で、待ち合わせに遅れた被害者が佐伯にショートメールを送った。そのときの着信番号が被害者のケータイとは違っていた。被害者は自分のケータイは電池切れなので預かっているケータイを使ったと言ったそうだ」

「いつのことです」

「先月の第二日曜。正午に、渋谷のハチ公前で待ち合わせていた」

「そのときの様子は」

岩屋がにやりとした。想定内の質問だったようだ。

「疲れているみたいだったと。会ってすぐイタメシ屋に入ったが、被害者はほとんど食べなかったので理由を訊いたら、口をつぐんだそうだ」

「食事のあとは」

「買い物をして、映画を観て。晩飯は食べたので安心したとも言った」

小栗は肘掛にもたれた。ひとつの仮説がうかんだ。が、言葉にはしない。岩屋の頭の中にもあるはずだ。質問を続けた。

「そのケータイを使ったのは一回きりですか」

「そこだよ」岩屋が目を見開いた。「通話記録を調べておどろいた。注目すべき点は二つある。被害者がそのケータイを使い始めたのはことし十一月になってから」

「本人名義のものは」

「わかっているかぎり、二度ケータイの番号を変えていた。いずれも引っ越しの時期とかさなる。有罪判決が確定した直後と、カモンを辞めてまもなくのことだ」

小栗はうなりながら腕を組んだ。

岩屋が続ける。

「十一月十一日、被害者は初めて謎のケータイを使い、電話をかけた。その相手のケータイも所有者不明だ」

「ゴールドウェブの佐伯弥生に電話をかける二日前ですね」

「ああ。ほかにも気になる履歴がある。殺される三日前の水曜、午後五時八分に、おなじく所有者不明のケータイから電話がかかっている。さらに、その一時間後に発信履歴……十一月十一日とおなじ相手だ」

小栗は目をぱちくりさせた。

　岩屋がにやりとする。

「そう。着信と発信の間に、被害者はカモンの平野祐希に電話をかけた。そのときは自分名義のケータイを使っている」

「…………」

「謎のケータイは三つ存在する」岩屋が言い、手を伸ばした。「行こうか」

「自分が」

　小栗は伝票を取った。

　下北沢に最低でも二つの劇団があるのは確認できている。

　商店街のはずれの古びた雑居ビルの前に立った。一階はＤＶＤのレンタルショップ、二階が劇団『炎』、その上にマッサージ店や麻雀店がある。

　文字の剝げかけた案内板を見て、岩屋に声をかけた。

「とっかかりはお願いします」

「いいとも」

　岩屋があっさり答えた。

　殺人事案の捜査といえば普通の者は協力する。

　階段で二階にあがった。手前のドアに〈劇団　炎〉のプレートが貼ってある。

ノックをし、中に入った。

二十平米ほどか。入口近くに布製の応接セット。二つのスチールデスクがくっつき、その奥におおきめのデスクがある。一面のスチール書架には複数のファイルや段ボールが無造作に置いてある。別の壁はポスターで覆われていた。

女が立ちあがる。臙脂色のセーターに格子柄のパンツ。四十歳前後か。ショートヘアが似合うちいさめの顔に化粧はしていなかった。

「どちらさまでしょう」

「警視庁の者です」

岩屋が警察手帳を示した。

小栗も倣った。目の端で奥のデスクを見る。

男が両手で新聞をひろげている。スポーツ紙のようだ。五十代半ばか。前頭部が禿げあがっている。顔も目も、鼻もまるい。なんとなく印象に残る顔だ。

「お訊ねしたいことがあって伺いました」

岩屋が言った。

「事件ですか」

男が新聞を手にしたまま訊いた。

「殺人事案の捜査中です」

「ほう」男が目をまるくした。「どうぞ、おかけください」

男が立ちあがり、ソファにむけて手のひらを差しだした。

小栗は岩屋とならんで座った。二人ともコートは膝にのせた。

テーブルにもらったばかりの名刺がある。〈劇団　炎　青江猛《あおえたけし》〉。名前の上に、〈プロデューサー〉と〈演出家〉が併記してある。

「殺人事案と聞いて表情が変わりましたね」小栗はさぐるような目をした。「心あたりがあるのですか」

「ええ、まあ」

ばつが悪そうに言い、青江が首に手をあてた。

岩屋が上着の内ポケットから写真を取りだした。

「被害者です」

太田礼乃の生前の写真だった。

「やっぱり」青江が写真を手にして言う。「そうじゃないかと」

女がお茶を運んできて、写真を覗くように見た。

「ずいぶんきれいになって。いつの写真ですか」

「ことしの春に撮ったそうです」

岩屋が答えた。

「あんたも」小栗は女に声をかけた。「つき合いがあった」

「はい。稽古がないときもよくここに来ていました。昔のことですが」

「のちほど話を聞かせてください」言って、青江を見た。「ここに所属していた。いつごろのことですか」

「入団したのは六年前だった。そのころは垢ぬけなくてね。グラドルになるなんて夢にも思わなかった」

　グラビアアイドルとして雑誌に登場したのは四年前である。マスコミへの露出度が増えて名前を知られるようになった矢先に覚醒剤所持で逮捕されたという。

「役者としてはどうでしたか」

「光るものはなかったが、とにかく頑張り屋だった。稽古は欠かしたことがないし、ひまさえあればここに来て、わたしの話を聞いていた」

「グラドルになってからも」

「ええ。回数は次第に減ったけど、なまいきに手土産を持ってくるようになった」青江がうれしそうに言う。「ほかの団員は昼も夜も働きながらだからね」

「たのしみだったでしょう」

「そりゃもう……うちに在籍していた子が化ければ、ぼくも鼻が高くなる」言ったあと、表情が沈んだ。「ばかなことをやったもんだ」

「三年前の事件ですね」

青江が頷いた。

「腰をぬかして、寝込んだよ。だって、そうだろう。うちの公演なんて注目を浴びることはないし、そもそもおカネにならない」

劇団員の収入はチケットを売った歩合だけだという。芝居が好きでなければできないことだとも言い添えた。

小栗は顔をあげて紫煙を吐いた。むせそうになった。

壁のポスターを見つめた。中央に男の顔。塚原安志だ。ほかのポスターも見る。〈座長塚原安志〉のポスターが七枚ある。

「どうした」

岩屋の声を無視し、青江に顔をむけた。

「塚原安志さんはここと関係があるのですか」

「未来座を知ってるかな」

小栗は頷いた。芸能界に無知な小栗も知っている老舗の劇団だ。

青江が言葉をたした。

「彼とは同期だった。端役で舞台にあがっていたころはひとつのラーメンを分け合って食った仲だ」自慢そうに言ったあと、苦笑を洩らした。「いまじゃ月とスッポンだが」

「その縁が続いている」

「たまに馳走になる。そのさいにおねだりして、うちの子を使ってもらう」

「被害者も」

早口になった。

「うん。あれはいつだったか……」

声を切り、青江が横をむいた。

「四年前です」

女が声を発した。しっかりしたもの言いだった。

小栗も女を見た。

「たしかですか」

「はい。殺されたのをニュースで知って、アヤちゃんのファイルを見ました。もしかしたら、刑事さんが訪ねてくるんじゃないかと思って」

「太田礼乃さんはアヤちゃんと呼ばれていたの」

「うちの子は皆がそう呼んでいた。本人も気に入っていたらしく、舞台では太田あやと……アヤはひらがなでした」

となりで岩屋が頷き、手帳にペンを走らせた。

捜査資料に劇団のことが記載されていなかったのか。群馬県警の捜査員が岩屋に教えなかったのか。どちらにしても、岩屋が鋭く反応したのは確かだ。

小栗は質問を続けた。

「被害者も塚原安志さんの舞台にでたのですか」

「はい」

女が答え、青江があとを継いだ。

「塚原がひょっこりうちの芝居を観に来てね。礼乃に目をつけたんだ。芝居は未熟だが、スタイルがよくて、美人だったからだろう。公演がおわったあと、塚原は楽屋に顔をだして、礼乃に声をかけていた。で、その年の定期公演に参加させてもらえた」

「グラドルになる前ですか、あとですか」

「どうだったかな」

また青江が横をむく。女が口をひらいた。

「前です。あの年、うちは二月と八月の公演で、塚原先生が観にこられたのは八月。先生の定期公演は毎年この時期……たしか、次の日曜が千秋楽だと思います」

「うちのマネージャーは頼りになる。ぼくの財布の中身もお見通しだ」

青江がおどけ口調で言った。

そういう仲なんでしょう。口が滑りかけた。

小栗は女に話しかけた。

「被害者が塚原さんの舞台に参加したのは一回きりですか」

「そう」くだけたもの言いになった。青江のひと言で気分がおおきくなったか。「翌年の冬にグラビアの仕事が来て、あっというまに撮影やイベントの依頼が増えたの。塚原先生のおかげね。先生は打ち上げにもマスコミの方々を招待していたから」

「さきほど、忙しくなってからもここに来ていたと」

「ええ。かつての仲間の稽古を、うらやましそうに見ていたわ」

「そうだったな」青江が相槌を打った。「グラドルになってから契約した芸能事務所の管理がきびしかったんだ。当分お芝居はできないとこぼしていた」

「どうしてここが契約しなかったのですか」

「餅は餅屋さ」投げやり口調で言う。「そうしたいのは山々だったが、別ものなんだ。うちには営業のできるマネージャーがいないし、マスコミにコネもない。役者は芸で花開くこともあるけど、タレントはマネージャーの腕に頼るところがおおきい」

「そうなんですか」さりげなく返して、煙草をふかした。「話は変わりますが、太田礼乃さんが殺されたあと、塚原さんと話しましたか」

「いいえ。覚醒剤で捕まったあとは……ぼくも気まずいし、彼も後ろ足で砂をかけられたような気分だろうから、礼乃の話題は避けたよ」

　小栗はソファに背をつけた。

岩屋が前かがみになる。

「被害者と仲の良かった劇団員はいますか」

「礼乃は誰とでも仲良くしていた。でも、プライベートではどうだったか。さっきも言ったように普段は皆が生活に追われているからね。そういうぼくも楽じゃない」

青江の額に数本の横皺が走った。

小栗には苦労の痕のように思えた。好きでなければやれない仕事はどこにでもある。

岩屋が口をひらく。

「劇団員の名簿をコピーさせていただけませんか」

「それは」女が口をはさんだ。「個人情報とか、うるさいでしょう」

「殺人事案の捜査なんです」

岩屋が語気を強めた。

「そうそう」青江が言う。「今週の土曜から二月公演の稽古を始める。土日なら全員が参加すると思うよ」

「お邪魔してもいいですか」

「捜査の協力は惜しまないさ」

青江の顎があがった。

岩屋が女に声をかける。

「それまでののんびりとはしていられないので、ひとりだけでも教えてもらえないか」

「ちょっと待ってください」

女が肩で息をついたあと、スマートホンを手にした。耳にあて、小声で話しはじめた。
一、二分が過ぎたか。女が顔をむけた。
「あしたの午前中なら会ってもいいそうです」

「ありがたい。あとで電話を替わってください」

岩屋が笑みを見せた。

話の展開次第で、岩屋の表情ともの言いは一変する。


そとに出るなり、岩屋が話しかけてきた。

「塚原がどうかしたのか」

「麻薬取締官の標的です」

「えっ」

岩屋が目を白黒させた。

「におってきましたか」

「ああ。ぷんぷんにおう」

岩屋がたのしそうに答えた。

岩屋が謎のケータイを意識しているのはあきらかだ。

麻薬常習者は所有者不明の携帯電話を利用する。頻繁に携帯電話を替える者もいる。大半は売り手が用意する。以前は〈飛ばしケータイ〉か〈レンタルケータイ〉が主流だったけれど、最近はホームレスや生活困窮者にカネを握らせて入手した携帯電話が増えた。簡易宿泊所やネットカフェの常用者が購入すれば、警察が名義上の所有者に接触できたとしても、携帯電話の使用者にたどり着くのはむずかしい。

「それにしても」岩屋が言う。「不思議な男だな」

「はあ」

「あなたが動けば展開も動く。なにかを持っているんだな」

「迷惑です」

吐き捨てるように言った。

商店街に戻った。人が増えている。若者の街と思っていたが、年配者が目についた。

「塚原はあなたにまかせるよ」

岩屋が言った。

「いいんですか」

「それが筋目だ。被害者が麻薬事案にかかわっていなければ、わたしが引き継ぐ」

「わかりました。その件はまめに連絡します」

「ところで」岩屋が顔をむけた。「ものぐさなあなたが、やけに熱心だね」

「いろいろあって」

小栗は曖昧に言った。平野祐希の証言は胸に留めておく。昨夜の傷害事件は論外だ。どちらも信義に反する。石井と祐希のやりとりも話せない。

話さなくてもいずれ岩屋と連携するときがくる。そのとき事実はあきらかになる。


渋谷に戻って昼飯を食べたあと、青山に行くという岩屋と別れた。

小栗は都営バスに乗り、六本木停留所で降りた。道路を横断して芋洗坂をくだり、いつものカフェテラスに入った。

奥の席に上司の近藤係長がいた。遠目にも不機嫌そうに見える。

「どうしたんです」コートを脱ぎながら言う。「早くも冷え性ですか」

近藤は寒いのが苦手なのだ。冬は署内でも身を縮めている。

「ばかを言うな」

近藤が声を荒らげた。

冗談を返せないほど立腹しているのか。理由が思いつかない。

小栗は首をすくめて座った。ウェートレスにコーヒーを頼み、煙草をくわえた。

近藤がパッケージを奪い取った。鼻から煙を吐き、口をひらく。

「どこに行った。俺をあとまわしにするほどの用だったのか」

下北沢にむかっているさなかに電話がかかってきた。

「そんなことで怒っているのですか」

「そうじゃない。が、気に入らん。説明しろ」

「岩屋さんと下北沢に」

小栗は、岩屋の捜査に同行したとうそをつき、劇団事務所でのことを話した。

途中から近藤の目の色が変わった。

「つまり、なにか。覚醒剤事案と殺人事案がつながったのか」

「だとしても、どっちもうちの点数にはなりません」

「点数なんて要らん」

「はあ」頓狂な声をあげた。「点取り虫の係長が……」

「うるさい」

近藤が目に角を立てた。

足音が止んだ。ウェートレスの顔が強張っている。カップを置くとき音がした。

小栗はコーヒーで間を空けた。煙草をふかし、近藤を見つめる。

「なにがあったんです」

「麻薬取締官（マトリ）への協力はやめる」

「どうして」

「どうもこうもあるか。あの野郎、舐めてやがる」近藤が煙草を灰皿につぶした。「光山が手配した車にＧＰＳ端末が取りつけてあった。車両班が点検中に見つけた」

「そんなことで」

「そんなこととはなんだ。知っていたのか」

「初耳です。が、想定内でもある」

さらりと言った。

薬物事案で監視対象車両にＧＰＳ端末を取り付けるのはもはや常識である。全国の裁判所ではＧＰＳ捜査の違法性が争われている。麻薬取締官なら自分が手配した車両にもＧＰＳ端末を取り付けると思っていた。

近藤の顔が赤くなる。

「麻薬取締官ごときに監視されて、おまえは平気なのか」

「どうでもいいです」

言って、ゆっくりコーヒーを飲んだ。怒ってはいないけれど、疑念がめばえた。が、それは近藤に話すことではない。

近藤が口元をゆがめる。なにか言いかけたが、声にならなかった。

「怒るのはわかるけど、事を荒立てないでください」

「なぜだ」

「覚醒剤事案から手を引きたくない」

「ん」近藤が表情を弛めた。「そうか、別件か。なんとかなりそうなんだな」

「下北沢に行って、ますますその気になりました」

うそは湧き水のようにでてくる。

キャバクラ嬢のアンとマミは記憶の箱に仕舞った。別件捜査をやる余裕はない。情報屋の上原和子もふくめ、点数がほしいときのために留保しておく。

「それなら我慢してやる」

近藤が肩をさげ、あたらしい煙草をくわえた。

小栗はライターで火をつけてやった。

「Nシステムの件はどうなりました」

「忘れてた」近藤が上着のポケットをさぐる。メモ用紙を手にした。「Nシステムが当該車両を最終視認したのは山手通、不動前駅の近く。午前二時五十三分だ」

小栗はにんまりした。

柏木愛実のマンションに乗りつけたアルファードの所有者は判明した。福西から報告があった。品川区西五反田三丁目○×－△－五〇二に住む佐藤京香（さとうきょうか）。所有者の個人情報は照会中と言い添えた。

それを受けて、近藤の携帯電話にメールを送信した。

——Nシステムで調べてください。黒のアルファード。ナンバーは品川3△×、に、△7○1。きょう午前二時過ぎに白金を発ったところまでは確認済みです——

東急目黒線の不動前駅は西五反田にある。白金からは深夜に車で走れば二十分もあれば着くだろう。途中で病院に寄ったとも考えられる。

近藤が言葉をたした。

「覚醒剤事案の絡みか」

「監視対象者のひとりです」

何食わぬ顔で言った。うその上塗りだ。ときどき自分でもどれがほんとうの話で、どれがうそか、わからなくなる。

近藤が身を乗りだした。

「で、いつやる」

「そんなに焦らないで」

「そうはいかん。GPSのことで腹の中は煮えくり返っているのだ。光山の獲物も横取りして、被疑者全員を麻布署に連行しろ」

近藤が鼻息を荒くした。

「厚労省から抗議が来ますよ」

「気にするな。存分にやれ。おまえの骨は拾ってやる」

「はあ」

あきれてあとの言葉がでなかった。近藤との会話の結末はいつもこうなる。

上目黒四丁目のアパートに帰った。

東京メトロ日比谷線で六本木駅から中目黒駅まで約八分、中目黒駅から自宅アパートまで徒歩十分とかからない。カフェテラスを出て近藤と別れ、芋洗坂をのぼっているうちに仮眠を取ると決めた。

二つのリモコンにふれた。エアコンとミニコンポが作動する。女の声がした。『I WILL ALWAYS LOVE YOU』。めざめてすぐWhitney HoustonのCDをデッキのトレイに載せた。が、聴くひまはなかった。

服を脱ぎ、パジャマに着替える。冷蔵庫の氷と水のペットボトルを座卓に置き、胡坐をかく。腕を伸ばした。座卓の端にはいつもラフロイグのボトルがある。

オンザロックをつくり、煙草に火をつけた。

頭が疲れている。腰が重い。怠け者が動きすぎた。オンザロックを口にふくんで、咽を鳴らした。胸がひろがるような感覚だ。

曲が変わった。『I HAVE NOTHING』。聴くたび映画『THE BODYGUARD』の一シ

ーンが目にうかぶ。実家の和歌山県田辺市から大阪の難波へ遊びに行き、映画館で見た。中学生だった。「どあほ」思わず声がでて、となりの女に笑われた。

グラスを空にし、ラフロイグを注いだ。これを飲んだらひと眠りする。

煙草が短くなったとき、携帯電話がふるえた。私物のほうだ。耳にあてる。

「生きてたか」

《しぶといのが売りやねん》城之内六三の声に威勢のよさは感じなかった。《おまえにぴったりの曲やのう》

「ありがとう。おまえも身に沁みるか」

《俺は孤独をたのしんでる》

ばかを言うな。怒鳴りかけた。よけいなお世話だ。

「病院か」

《俺の部屋や》

「傷は」

《脂肪が見えた》息をぬく。《祐希が世話になった》

「おまえの指示だったのか」

《会えとは言うてないが、そうなるとは思うた。借りは、いずれまとめて返したる》

「たのしみだ」紫煙を吐いた。「ついでに、貸しを増やしておく」

《ほう。もうわかったんかい》
城之内の声が元気になった。貸しの意味がわかったのだ。
「書くものはあるか」
《待て》
小栗はグラスを持ち、半分を空けた。
《ええで》
「おまえを襲った連中の車を見たか」
《黒のアルファードや》
「よし。車の所有者は佐藤京香、三十七歳。住所は品川区西五反田三丁目○×－△－五○二だ。が、確認はしてない。所有者の素性もわからん」
《逃げたやつらは》
「身元は調査中だが、アルファードに乗った二人が東仁会の島田に接触した。時間的に、おまえを襲った直後と思われる。そのあと、車は五反田方面へむかった」
さすがに柏木愛実の部屋で接触したとは言えない。自分の捜査の邪魔になる。
息をつく音が届いた。
「東仁会ともめているのか」
《俺のしのぎに絡んできたのかもな》

本音のように聞こえた。

「襲ったやつらを特定してやろうか」

《やさしいのう》

「くずどうしの喧嘩は歓迎だ。ただし、警察の手をわずらわせるな」

クックックと笑う声がした。

「ついでに車の持ち主とそいつらの関係も調べてやる」

《で、女には手をだすなか》

「そういうことだ」

《恩に着る》

通話が切れた。

携帯電話を見つめ、首をかしげた。

電話の城之内はやけに素直だった。それだけ胆を据えたということか。

――やさしいのう――

城之内のひと言のあと、おまえにじゃない、と言いかけた。

六本木けやき坂でタクシーに乗る平野祐希は両腕でバッグをかかえていた。

まるで愛する人の骨壺を抱いているかのようだった。

六本木駅で下車し、六本木交差点に立った。

風が強くなっていた。ダッフルコートのフードを被りたいほどだ。

めざめたとき後頭部は軽くなっていた。シャワーを浴びると身体がすっきりした。淹れ立てのコーヒーを飲みながら携帯電話の着信履歴を調べた。近藤係長から一本、福西から二本。どちらもショートメールだった。

交差点を右折し、外苑東通を歩く。宵の口なのに人が多い。それで、来週末がクリスマスイブなのを思いだした。

「ヤッホー」

黒人のマックが右手を挙げた。あいかわらず軽やかにステップを踏んでいる。

「上機嫌だな」

「カモがたくさん、ね」マックが片目をつむる。「七面鳥、一緒に食うか」

「彼女と食え」

マックがのけ反った。

言った小栗もおどろいた。そんな台詞がでるとは思ってもいなかった。

細長い雑居ビルのエレベーターで三階にあがり、バー『山路』の扉を開けた。

マスターの山路はカウンター席で煙草をふかしていた。手元にビールの小瓶とグラスがある。黒ズボンに白いワイシャツ。棒ネクタイは垂れたままだった。

「先日はご迷惑をかけました」

キャバクラ嬢の上原和子と話をするためにこの店を使った。

小栗はコートをハンガーラックにかけ、山路のとなりに腰をおろした。

「寒いですね」

「おまえの懐か。その割には顔がさっぱりしてるぜ」

山路は口が悪い。マル暴刑事だったころから変わらない。

「昼寝をしました」

あっけらかんと言い、煙草をくわえる。

「けっ。俺に面倒を押しつけて……まあいい、やっかいな話はあとだ」

言いおわるより早く扉が開き、ロング丈のダウンジャケットを着た男が入って来た。襟元から白衣が覗いている。鰻屋（うなぎや）の出前持ちだ。二つの重箱と椀（わん）をカウンターに置く。椀のふたを開け、ステンレスのポットを傾けた。

「特上が二人前で、九千六百円です」

山路はしかとしている。

文句はない。そのつもりできた。小栗はポケットから札を取りだした。財布を持つ習慣がない。一万円を渡し、釣銭を受け取った。

出前持ちが去るや、山路が扉に鍵をかけた。午後七時になるところだ。

「客が来たら」

「無視だ。物騒な話を聞かせられるか」

「ゆっくり食べたいんでしょう」

「それもある」山路が箸を持つ。「話は食べながらでもかまわんぞ」

小栗はビールを飲んでから箸を割った。

鰻は脂がのっていた。すこしくどいくらいだ。これがことしの食べ収めか。真冬の鰻を食べたいとは思わない。

「お願いした件、わかりましたか」

「その前に、いきさつを話せ」

昼間、近藤と別れたあと、芋洗坂をのぼりながら山路の携帯電話を鳴らした。そのときは用件のみを告げた。山路も依頼の理由や背景を訊かなかった。

「城之内六三を憶えていますか」

「ああ。あいつのうわさはよく耳にする」

「どんな」

「皆の嫌われ者らしい。めざわりなんだろう。ちかごろは六本木界隈(かいわい)のしのぎにもちょっかいをだしているようだが、やつのうしろには神戸の五島組が控えているからな。うかつには手をだせん。守り役の郡司も手を焼いているそうだ」

「その嫌われ者が襲われた」

「……」

山路が口を半開きにした。細い目は三倍にもおおきくなった。

小栗は話を続けた。

「きょうの未明、西麻布で襲撃された。重傷です」

「そんな話は……麻布署から聞いてないぞ」

山路は依願退職したあとも元同僚とつながっている。マル暴担のほかに、刑事課や生活安全課の者とも縁を紡いでいる。小栗もそのひとりだ。

「一係も四係も知らないと思います」

四係は組織犯罪対策課のマル暴担当部署だ。以前は刑事部課に属していたことから警察関係者はいまも単に〈四課〉〈四係〉と称している。

「一と四が知らんことをどうしておまえが」

「勘弁してください」

「ふん」山路が鼻を鳴らした。「まあ、いい。想像はつく」

言って、山路が腕を伸ばした。カウンターの端にある茶封筒を引き寄せる。中の写真を重箱のむこうにならべた。

「こいつらか」

正面と真横から撮った写真が六枚ある。逮捕歴のある証だ。

ざっと見て、山路に話しかけた。

「島田組の連中ですか」

「右の二人は準構成員だ」

「残る四人の序列は」

「左から順番よ。裏に肩書と名前がある。俺が覚える必要のない連中さ」

小栗は左の二枚を手に取り、裏を見た。〈若頭　宮沢隆夫　42才〉〈若頭補佐　横内英利　37才〉。太い字で書いてある。たいそうな肩書だが、枝の枝だ。覚える必要がない連中。山路がにべもなく言うのも頷ける。

「襲撃者は三人。ほかに車を運転する者がいたと思われます」

「だとすりゃ、実行犯のリーダーはその二人のどっちかだな」

「お借りしていいですか」

「全部持って行け。店に人相の悪い写真があったら客が寄りつかん」

山路が澄まし顔で言った。

小栗は吹きだしそうになった。この店の客は根性がある。山路は丸顔の短髪。腕は丸太のようで、風体はやくざの幹部と互角か、それ以上だ。一見の客が扉を開けたら、体格のいい外国人でも背をむけるだろう。

山路は重箱を手に四隅の米一粒まできれいに食べた。「ごちそうさん」ビールを注いで飲み、煙草をくわえる。美味そうにふかした。

小栗も食べおえた。紫煙を吐いてから話しかける。

「島田のしのぎは何ですか」

「性風俗(フーゾク)と覚醒剤(シャブ)。東仁会の伝統だ」

「若頭の長谷川はやり手だそうですね」

「あいつは人づき合いが上手いと評判だ。が、俺は買ってない。経済やくざという連中もいるが、そっちのほうでは郡司が一枚も二枚も上だ。長谷川がやっているのは企業がかかえるトラブルの始末。ゴミ掃除みたいなもんよ」

あけすけに言った。

小栗は話半分に聞いた。山路は郡司に近い。

山路が言葉をたした。

「おまえ、城之内のしのぎにかかわっているのか」

「まさか」

「それならどうして。襲われたことは本人に聞いたんだろう」

「ええ」

そっけなく返した。平野祐希は蚊帳のそとに置く。そう決めている。

山路はしつこく訊かない。いつもそうだ。くわえ煙草でカウンターの中に入る。器を洗いだした。見かけとは裏腹に神経はこまやかで、きれい好きである。

「なにか飲むか」

「水割りを一杯」

山路が水割りをつくった。グラスを小栗の前に置き、口をひらく。

「城之内に泣きつかれたのか」

「あいつが涙を流せば二度と太陽はのぼらない」小栗は肩をすぼめた。「いろいろありましてね。いずれ機会があれば」

「聞かなくてけっこう」

山路がさらりと返した。

「ところで、東仁会の連中が駆け込む病院を知ってますか」

「ん」山路が眉根を寄せた。「三人組も怪我したのか」

「そのようです」

「けがの程度にもよるが、刺し傷や切り傷なら麻布の十谷(そや)歯科だな。歯科医でも傷の縫合くらいはできる。経営者の女医は長谷川と組んで不正をやっているらしい」

療養費や診療報酬の不正請求だろう。暴力団のあらたな資金源になっている。

「さぐってやろうか」

小栗は首をふった。

「ほかに頼みたいことが」遠慮は捨てた。ものはついでだ。それに、山路は口が堅い。写真の二枚を指さした。「宮沢と横内の個人情報をお願いできますか」

「とくに知りたいことは」

「住まいと女関係」

警察データに載るやくざの個人情報は犯歴以外あてにならない。下っ端になればなるほど短期間で住所や交際相手が変わる。甲斐性も堪え性も、女が好む男気もないのだ。

「つぎは中華にする。フカヒレ付きだ」

「カネがあるときでよければ」

山路が視線をふった。

人の声がする。続いて、扉を叩く音がした。

小栗は写真を封筒に戻し、ジャケットのポケットに収めた。

山路が鍵をはずし、扉を開ける。

「あら」女が科をつくった。目の周りが黒い。「何してたの。男と二人きりで」

オカマだ。若い男を連れている。小栗に近づいてきて、顔を寄せた。

「けっこういい男ね」

「あんたもいい男だ」

言って、小栗は腰をあげた。

「ばーか。見せてやろうか。おチンチンはないのよ」

オカマがスカートをたくしあげる。

山路が声を立てて笑った。

路地から路地へ。目をつむっても歩ける。

バー『花摘』の扉を開けた。午後八時前だ。

「いらっしゃいませ」

二人の女が声をそろえた。常勤の奈津子とアルバイトの明日香。最近は彼女らの笑顔を見れば顔が弛む。気分も楽になる。

女らにはさまれて福西がいる。顔はやにさがって見える。ほかに客はいなかった。

詩織がおしぼりを差しだした。

「フクちゃん、しょげちゃったよ」

「はあ」

「明日香は来たところだもん。遅れてくればよかったのに」

「そうですよ」

福西が便乗した。

福西を無視し、詩織に話しかける。

「オカマに襲われそうになった」

「大変」詩織が顔の横で両手をひろげた。「好かれるタイプだもんね」

「うるさい。ロックで頼む」

いつものカウンター席に腰をおろした。

角をはさんで奈津子、福西、明日香のならびになった。

福西と仕事の話はできない。が、しばらくのんびりするのも悪くない。

詩織がラフロイグのオンザロックをつくる。小栗の前にタンブラーを置いたあと、冷蔵庫からガラス製の容器を取りだし、白磁の皿に盛った。

「食べて」

十センチほどのイワシが二匹。鷹(たか)の爪と薄切りのレモンが色あざやかだ。

「お家(うち)でつくったの」

詩織が箸を割ってよこした。

オリーブオイルに浸っているが、イワシはさっぱりとして、舌触りもよかった。

詩織が無言で頷いた。

小栗はグラスを傾け、頬杖をつく。煙草をふかした。

そのあいだ、福西は明日香と話していた。奈津子が茶々を入れる。

「石井は来てるのか」

詩織が首をふった。

「オグちゃんのお友だちは宵の口に来たわよ」

明日香の耳を気にしているのはわかった。捜査一係の岩屋のことだ。

「ボトルを入れてくれた」

「そうか」

気のない返事をした。

「あっ」

ちいさな声を発し、奈津子が腰をうかした。

直後に扉が開いた。男が二人、女がひとり。見覚えがある。会社の上司と部下。二十代後半と思しき女はひたすらマイクを握っていた。

奈津子と明日香がカウンターを離れ、福西がとなりに移ってきた。

「何時に来た」

「三十分ほど前です」

「それまでずっと寝ていたのか」

「そんな怠け者に見えますか」

「見える」

福西が頬をふくらませた。

「報告しろ」

水割りを飲んだあと、福西がちらっとふりむいた。

「島田が愛実のマンションを出たのは朝の八時でした。迎えの車が来て」

めずらしく実名で言った。うしろの席がにぎやかで安心したのだ。

「アルファードか」

「セダンです。南島はティアナだと。ルーフが付いていました」

「よけいな話だ。で、まっすぐ東仁会の事務所にむかったのか」

「はい」

「そのあとは」

「しばらく様子を見たのですが、セダンは近くの駐車場に入ったので離れました」

「駐車場でアルファードを見なかったか」

「見ません。南島に麻布署まで送ってもらい、セダンの照会をしました」

「わかったのか」

「所有者は島田の女房です」

小栗はもう一匹のイワシを食べ、グラスを空けた。

詩織が寄ってきてラフロイグを注ぎ、皿を持って離れた。

煙草をふかし、口をひらく。

「迎えに来た男の顔を見たか」

「はい。運転席から出てきて、きょろきょろしていました」

小栗は茶封筒を取りだし、テーブルに写真をならべた。

福西が一枚を指した。

「この男です」

小栗は写真の裏を見た。〈準構成員　古山丈（ふるやまじょう）　28才〉とある。

「ほかの五人はどうだ。アルファードに乗っていたやつはいるか」

「暗くて、ちらっと見ただけなので」声を切り、左端の写真を手にした。「この横顔……

マンションに入ったひとりに感じが似ています」

島田組若頭の宮沢だ。裏には〈傷害致傷、恐喝〉と添え書きしてある。

「この六人は」

福西が訊いた。

「島田組の連中だ」

「それはわかりますが」弱々しい声で言う。「全員を的にかけるのですか」

勘違いしたようだ。福西は城之内が襲われた件を知らない。

「もうびびったのか」

「血を見るのが嫌いなんです」

福西がしゃあしゃあとぬかした。

いちいち反応するのは疲れる。煙草で間を空けた。

「南島はどうしている」

「夕方から白金のマンションに張りつきました」

「それから連絡は」

「ないです。愛実は部屋にいるようです」

小栗は腕の時計を見た。八時半になる。

「張りついてすぐ窓に灯が点いたと。道路向かいから三階の窓が見えるそうです」

福西がつけ加えた。

小栗は首をかしげた。師走の稼ぎ時である。

「店を休んで、元麻布に行くのでしょうか」

「それはない」

「どうして言い切れるのです」

「塚原の公演はつぎの日曜が千秋楽だ。動くとすればその夜かな」

福西が眉をひそめた。

「要請があれば出動するのですか」

「あたりまえだ」

「納得できません。自分らを監視するなんて」

福西もGPS端末のことは知っている。車両を点検にだした本人なのだ。

「腹が立たないのですか」

「別に。被害は被ってない。不快でもない」

「ずいぶん寛容なんですね」

「そういうわけでもない」

「そっか」福西の声がはずんだ。「しっぺ返しを企んでいる」

「飛躍しすぎだ」

「では、なんです。教えてください」

「気に入らん」煙草をふかした。「柏木愛実が勤めるキャバクラに様子を見に行ったのがばれて、光山は俺の家に怒鳴り込んできた」

「そんなことがあったのですか」

「ああ。それなのに、愛実のマンションに張りついても文句の電話さえない。どっちも愛実が絡んでいるというのに」

言って、オンザロックを飲んだ。

「変ですね」福西の瞳が輝きだした。「愛実を監視対象からはずしたのでしょうか」

「それもない。俺らが出動したときの半分以上で愛実があらわれている。愛実をはずしての塚原逮捕はありえん」

福西が黙った。思案する顔になる。

小栗も口をつぐんだ。推論はある。しかし、それをここで展開してもらちがあかない。福西の妄想癖を刺激するだけのことだ。

詩織が寄ってきた。ガラスの皿に真っ赤なイチゴが載っている。

手でつまんだ。熟れすぎかと思ったが、歯応えがある。口中に酸味が残った。

詩織がものを言いかける。

それを手のひらで制し、ポケットをさぐった。携帯電話がふるえている。『カモン』の平野祐希からだ。その場で耳にあてた。

「どうした」

《お店に来ていただけませんか》聞き取れないほどの声だ。《気になる男がいて》

「やつらか」

《わかりません。でも、なんとなく……いまはオフィスからかけているのですが、フロアではじろじろ見られて……勝手ばかり言って、ごめんなさい》

「かまわんさ。すぐに行く」

通話を切り、福西に声をかけた。

「おまえは南島と合流しろ。動きがあるかもしれん」

「さっきは動かないと」

「愛実じゃない」

「……」

福西の目が固まった。

小栗は写真を指さした。

「これを持って行け。愛実のマンションに出入りする男をチェックしろ」

福西がこくりと頷いた。

空唾をのんだように見えた。

紫色の水着をつけた女が身体をくねらせている。二本の光線があおるように床を這う。

口笛が飛んだ。女が流し目をやり、ステージのポールに絡みつく。

小栗は客席を眺めまわした。『カモン』のレジカウンターのそばにいる。

「中央の壁際の席にいる二人連れです」

耳元で、祐希がささやいた。

視線を止める。見るからにやくざふうの男らはステージに見入っているようだ。

「あんたはオフィスに入ってな」

「どうするのですか」

「心配するな。店に迷惑はかけん。その前に一杯くれ。シングル。ここで飲む」

祐希がスタッフに声をかけ、小栗から離れた。

小栗はショットグラスをあおり、天井にむかって息をついた。

二人連れは写真の男らである。若頭補佐の横内と準構成員の波多野。どちらもチンピラに毛の生えたようなものだ。

ポールダンスショーは続いている。店内は熱気が充満していた。

細い通路を歩き、横内らの席の前に立った。

「なんだ、てめえ」波多野が声を荒らげた。「どけ。邪魔だ」

小栗は腰をかがめた。

「吠えるな。顔を貸せ」

「なんだと」

波多野が腰をうかした。眦がつりあがる。餓えたキツネのようだ。

「やめろ」横内が手でも制した。「麻布署の旦那だ。生活安全課だが」

言って、ニッと笑った。

小栗は踵を返した。あとをついてくる気配がある。

扉を開け、そとに立った。

二人が出てくるや、扉の端を指さした。〈暴力団排除の店〉のステッカーがある。

「読めんのか」

「けっ」波多野が唾を吐いた。「舐めんなよ」

右腕が伸びてきた。

小栗は体をかわし、相手の手首をつかんだ。外側にひねる。波多野の腰がういた。膝蹴りを見舞う。股間を直撃した。

波多野がうめき、かがみこんだ。

「あんた」

横内が顎をしゃくる。革ジャンにジーンズ、バックスキンのローファー。髪はオールバックに決まっている。顔がよければ持てるだろう。

「因縁をつけに来たのか」

「巡回中だ。さぼるつもりだったが、おまえらが目に入った」

横内が顔を近づける。さぐるような目つきだ。

「それだけか」

「めざわりだ。消えろ」

「なんだと」

横内が革ジャンのジッパーを引きおろした。

「ほう。道具を持ち歩いてるのか」

「うるせえ」

横内が身構える。

波多野が太股にしがみつく。

小栗は長髪をつかんだ。こめかみに拳を打ちおろす。

波多野が地面に這った。

横内を睨みつける。

「やるのか。ぶち込むぜ」

「くそっ」

横内が革ジャンから手をだした。顔はゆがんでいる。歯軋り(はぎし)が聞こえそうだ。

「いつまで寝てやがる」

横内が波多野の脇腹を蹴った。

小栗は扉の把手を引いた。拳銃を所持していようと警察沙汰にはしたくない。

平野祐希はオフィスにいた。

ソファに浅く腰をかけ、肘を立てた両手にちいさな顔を載せていた。心ここにあらずという表情だった。小栗が入ると、我に返ったように姿勢を正した。

正面に座る。いかにも安っぽいソファだ。スタッフが休憩用に使うのだろう。

十五平米ほどか。二つのスチールデスクと壁にスチール棚。右側はアコーディオンカーテンで仕切られている。そっちに人の気配はない。

「どうなりました」

か細い声だ。

「追い返した。もうここにはこんだろう」

「ありがとうございます」

祐希が頭を垂れた。セミロングの髪はうしろに束ねてある。

「礼は早い」煙草を喫いつけた。「あの二人に見覚えがあるんだな」

祐希の首が傾いた。肯定にも否定にも見える。

「お店に来たのは初めてだと思います。でも、目つきが」

「似てるのか。きのうの連中の片割れか」

「なんとも」

祐希が目尻をさげた。

「どっちにしても、威し目的で来たんだろう」

「わたしを……あの人との仲を知った上で」

「そうとしか考えられん。あんたの命を狙うとは思えないが、あんたがおびえ、城之内に話せばどうなるか」

「話しません」

祐希がきっぱりと言った。目に力が戻った。

「それでいい。やつを刺激するな」煙草で間を空ける。「ここまでやるんだから、連中は本気だ。手負いの城之内では歯が立たん」

「相手が誰なのか、わかったのですか」

「ああ。が、あんたは知らんほうがいい」

「あの人には」

祐希の表情が曇った。『Ｂ　ｂａｒ』では城之内さんだった。いまはあの人と言う。自分との距離が縮まったのか。あふれでる情愛のせいか。

小栗は祐希を見据えた。

「教える。あんたを俺に会わせたのはそのためだ」

祐希が首をふった。

駄々をこねるような仕種に見えた。

「あんたの男はそういう稼業なんだ」

「……」

「いやなら東京を離れろ」

「いやです」

力強い声だった。

小栗は煙草を消した。

「店を出るときはスタッフと一緒に行動しろ。タクシーに乗るまでは油断するな。マンションに着いても、中に入るまで運転手に見ていてもらえ」

祐希が何度も頷く。

「最悪の場合だが」臍の下に力をこめた。「あの連中なら、あんたの身柄と城之内の命を交換するかもしれん」

本来は言うべきことではない。が、城之内と祐希なら許されると思った。

祐希が口を結んだ。必死に耐えているようだ。

小栗のほうが沈黙に堪えられそうにない。口をひらいた。

「やつから連絡は」

「一度だけメールが……無事だと……ほんとうに大丈夫なのでしょうか」

「わからん」

ほかの言葉は思いつかなかった。

気休めのひと言も慰めの台詞も、祐希には要らない。それだけは確信している。

岩屋は、工事中の構内を出て、下北沢駅南口から周囲を見渡した。

――南口の近くにバーガーショップがあります。そこで十時半に。空いていれば二階にいます。目印はグレーのキャップに黒ぶちの眼鏡です――

劇団の女マネージャーから受け取った電話で、女はそう言った。

トレイにコーヒーを載せ、階段をあがる。

二十席ほどか。空席がめだつ。窓際の席で、キャップを被った女がハンバーガーを食べている。右手の人差し指で眼鏡にふれた。

岩屋は女に近づいた。

「真白菫(ましろすみれ)さんかな」

「はい」

女が顔をあげた。色白の美形だ。アーモンドのような形の目。うすいくちびるは気が強そうに見える。オフホワイトのパーカーにブルージーンズ。ちょっと太めだ。

岩屋は正面に座り、ちらっと警察手帳を見せた。

「麻布署の岩屋です」

「初めまして」

真白は笑顔を崩さない。食べかけのバーガーをトレイに置こうとする。

「そのままで。食べながら話そう」

岩屋はカップにシュガーをおとし、ゆっくりまぜた。店内禁煙だが、仕方ない。もともと事情を聞くときは喫わないよう心がけている。ひと口飲んで話しかけた。

「太田礼乃さんとは親しかったそうだね」

あえて被害者とは言わなかった。近くに客がいる。

「ええ。アヤが劇団に参加してすぐ仲良くなりました。わたし、新潟の生まれなんです。群馬はおとなりだし、なんとなく気が合って」

真白がストローでアイスティーを飲む。

「一緒に住んでいたとか」

「わたしが誘ったの。家賃がもったいないでしょう。どうせ寝るだけなんだもん」

真白のもの言いは屈託がない。

「いいですか」言って、真白がバーガーを食べる。ケチャップの付いたフライドポテトもたいらげた。「十一時半からバイトなんです」

「どこで」

「この近くのラーメン屋さん。二時まで働き、部屋に帰って昼寝。起きたらシャワーを浴びて、化粧をして渋谷に。ダイニングバーでも働いています」

「大変だ」

「舞台稽古が始まればひと月以上お仕事ができなくなるから」真白が首をすくめた。「アヤも初めはそうだった」

「グラドルになる前だな。どんな子だった」

「映画ばか」白い歯を見せる。「わたしは役者ばかだけど。映画も舞台もおなじ。嵌（はま）るとやめられない。わたしなんて劇団で八年も頑張っているのに……彼氏に愛想をつかされても仕方ないよね」

「そんなことはないだろう」

岩屋は親しみをこめて言った。

「独占欲の強い男は」真白が首をふる。「だめなんです」

「礼乃さんに彼氏は」

「いなかったと思う。興味なさそうだった。そこはわたしと違うかな」

岩屋はコーヒーを飲んだ。脇道にそれたくない。時間はかぎられている。

「塚原安志さんは知ってるね」真白が頷くのを見て続ける。「彼の舞台に立ったことは」

「あります。ちょい役で三回。短い台詞（せりふ）が全部で七つかな」

真白が悪戯（いたずら）っぽく笑った。

表情が豊かだ。岩屋はそう感じた。

「どんな人」

「女好き」即答した。「すぐ口説く」

「口説かれた」

「うん」真白が目を細めた。「稽古のあと食事に誘われて、あぶないって聞いていたから友だちを連れて行ったら不機嫌になった。食事をしてバイバイ」

「友だちって礼乃さんかな」

「ほかの子。アヤが劇団に入る前だもん」

「礼乃さんも気に入られたそうだね」

「そうとう」声に力をこめた。「そばで見てて、蹴飛ばしたくなった」

岩屋は思わず吹きだした。

「いや、失礼。で、礼乃さんのほうはどうだった」

「初めはうんざりしていた。でも、ことわれないよね。相手は大物だし、劇団の座長から背中を押されるし……」

「待って」岩屋は右手をひろげた。「プロデューサーの青江猛さんのこと」

「そう。女衒だって、陰口を叩く子もいる」

「劇団の子を塚原さんにくっつけるわけか」

「むりやりじゃないけど。塚原さんに頼まれたらいやとは言えない。だって、劇団は貧乏だもん。塚原さんのルートでチケットを捌いているし、おカネの無心をすることもあるらしいの。それも仕方ないかな。おかげで劇団は続いてる」

「大人だね」

「さっきも言ったでしょう。やめられないの。夢を見ていたいの」

岩屋は息をついた。煙草を喫いたくなった。

「アヤのことだけど」真白が続けた。「わたしも責任を感じてる」

「どうして」

「食事に誘われるたび服やネックレスをプレゼントされてね。アヤはこまっていたんだけど、わたし、けしかけたの。あんたは女優になりたいんだろうって。本音と冗談が半々だった。アヤは絶対に塚原さんとは寝ないと思っていたせいもある」

「寝たの」

つい軽い口調になった。真白のもの言いには引き込まれそうになる。

「たぶん。あるときから塚原さんの話をしなくなって、ピンときた」

「いつ」

「四年前の秋だった。塚原さんは名古屋での一週間の短期公演に出演したんです。そのとき、アヤがちょい役で呼ばれたの」

岩屋は首をかしげた。

――塚原がひょっこりうちの芝居を観に来てね。礼乃に目をつけたんだ。芝居は未熟だが、スタイルがよくて、美人だったからだろう――

青江の言葉を受けて、女マネージャーが言い添えた。

――あの年、うちは二月と八月の公演で、塚原先生が観にこられたのは八月。先生の定期公演は毎年この時期……たしか、次の日曜が千秋楽だと思います――

あれはうそだったのか。

――劇団は貧乏だもん。塚原さんのルートでチケットを捌いているし、おカネの無心をすることもあるらしいの――

先ほどの真白の話を思いだして納得した。劇団としては塚原の立場や印象が悪くなることは話せないのだ。

小栗がこの話を聞けばどう反応するか。ふと、思った。

真白が言葉をたした。

「東京に帰って来たアヤはげっそり痩せてた。かわいそうなくらい。ろくに食べなくて、窓のそとばかり見てた。どうしたのって訊いたけど、首をふるばかりだった」

「そのあとの、東京での定期公演にも参加した」

「わたしも一緒に。アヤがそうしてくれたんだと思う」

「グラドルになったあとだが、礼乃さんに変化はあったかな」

真白が首をふった。

「グラドルになってすぐに部屋を出たから。でも、たまに会ってお茶をしてたんだけど、アヤはほとんど仕事の話をしなくて、映画や俳優の話ばかり。わたし、塚原さんにあまえなって言いそうになった」

「映画にでたことはないの」

「うん。端役もなし。塚原さんは見栄の塊だからね。えこひいきでアヤを抜擢しても、アヤへの評価が悪かったら、自分の立場が悪くなるでしょう」

「なるほどね」

岩屋は感心した。真白の洞察力は鋭い。それに対応する能力もありそうだ。

真白がテーブルの端のスマートホンを見た。

岩屋も腕の時計を見た。十一時十四分。あっというまに時間が過ぎた。

「最後に会ったのは」

「ことしの夏でした。ひさしぶりにうちの公演を観にきて、打ち上げの飲み会に参加して……あのときはたのしそうだった」

「それっきり会ってない」

真白が頷いた。

「アヤは普通の子に戻っていたのかも」

そうじゃない。言いかけて、やめた。

「電話やメールは、どう」

「たまに……そうそう。わたしの誕生日におめでとうメールを送ってきた」

「いつ」

「十一月十五日。あの子、毎年。律儀なんだよね」

「返信は打ったの」

「もちろん」

元気な声のあと、真白の表情が沈んだ。

とっさに声をかける。

「どうした」

「そのときのメールで、アヤが気になることを言ったの」

「どんな」

「待って」真白がスマートホンを手にした。「残ってた」

「見てもいいか」

「どうぞ」

真白がスマートホンのむきを変え、岩屋の前に置いた。

――菫さん。誕生日、おめでとう。ハッピーな一年になりますように――

そこから発信と受信をくり返していた。

――ありがとう。アヤもね。元気にしてるの――

――ちょっとへこんでる。いやなことがあって――

――どうしたの――

――週末にいやなやつと会って……でも、平気。がんばる。菫さんも、ね――

――近いうちに会おうよ――

――うん。たのしみ。おちついたら連絡するね――

そこでやりとりはおわっていた。

「もう行かなきゃ」

声がして、岩屋は顔をあげた。スマートホンを返した。

「このメールは消さないで」

「わかりました」

言って立ちあがり、真白は椅子に掛けていたデイパックを背負った。

軽そうに見える。

そとに出ると真白が頭をさげ、商店街にむかって駆けだした。

京王井の頭線と東京メトロ銀座線を乗り継ぎ、青山一丁目駅で下車した。路上に出て赤坂方面へ歩く。待ち合わせの喫茶店に入った。『ゴールドウェブ』に近い。

館林署の中川は奥の席で背をまるめ、タブレットを見ていた。

捜査本部や仲間との交信用だろう。麻布署でもタブレットを持ち歩く者が増えた。岩屋は使わない。感情が伝わらないからだ。直に会うか、電話で話をするか。会話が困難なときにショートメールを利用する。

笑顔で声をかける。

「待たせたかな」

「いいえ。仲間との打ち合わせが早く済んだもので」

ウェートレスにレモンティーを頼み、視線を戻した。

「連泊は応えるだろう」

「そうですね。自分は風呂にゆっくり浸かりたいので、せまいバスタブがどうも」苦笑した。「早く解決して、温泉に行きたい気分です」

「群馬にはたくさん温泉があってうらやましい」

言って、煙草に火をつける。ふかしたあと、中川を見据えた。

「捜査に進展はあったのか」

「幾つか手がかりになりそうなものが。しかし、進展と言えるほどでは」

「よかったら聞かせてくれないか」

「いいでしょう。岩屋さんにはこの先もお世話になりそうだ」中川が勿体をつけるように言う。「実家の近くと現場周辺で同一車種の車両を確認しました。二箇所の中間に位置するガソリンスタンドとコンビニの防犯カメラの映像で車両ナンバーを確認できたけれど、あてがはずれた。東京の中野署に盗難届がでているナンバーでした」

それなら車の所有者を特定するのはむずかしい。車両ナンバープレートの盗難被害は年間二万件を超える。

中川が話を続ける。

「捜査本部は東京行きの捜査員を増やしました。地元の地取り捜査がはかばかしくないこと、ナンバープレートが中野で盗まれたこと、被害者の交友関係が東京に集中しているためです。捜査本部は消えた二つの携帯電話にも強い関心を持っている」よどみなく話し、コーヒーを飲む。「岩屋さんのほうはどうです。被害者と仲がよかったという劇団員から話を聞けましたか」

殺人事案の捜査にかかわることは毎日、電話で中川に報告している。

「ついさっきまで」

「自分も同行したかった」中川が悔しそうに言う。「さっき言ったように東京での捜査に人手をかけるようになったので、一から説明させられて」

「同情するよ」

さりげなく言い、レモンティーを飲んだ。

中川がじっと見つめた。早く話せ。目が催促している。

「書く用意は」

不意を突かれたような顔をして、中川が手帳を取りだした。

「真白菫、新潟出身の三十二歳。劇団・炎に八年在籍している」

中川が手を止めるのを見て、真白とのやりとりを詳細に話した。

隠すことはない。警察官の職務だ。塚原安志に関しては躊躇する部分もあったけれど、捜査一係としての矜持が勝った。しかし、厚生労働省の麻薬取締官が塚原を監視下に置いていることはさすがに話せなかった。小栗への筋目だ。

話しおえて一服し、言葉をたした。

「質問は」

「では、順番に」中川が手帳を見ながら言う。「俳優の塚原安志は被害者と性的関係にあった。そう捉えていいのでしょうか」

「なんとも」言葉をにごした。「真白から言質を取れたわけではない。取ったとしても、それが事実とはかぎらない」

嚙んでふくめるように言った。そうやって相手をさぐる癖がある。

だが、中川は腹を立てるどころか、素直に頷いた。

「塚原から事情を聞きましょう」

「それは賛成だが、事情聴取は来週のほうがいいと思う。塚原は舞台の最中で、つぎの日曜が千秋楽になる」

「いつからやっているのですか」

「ひと月公演と聞いた。連日、一部が午後一時から四時、二部は六時半から九時半。そのあとミーティングがあるそうだ」

中川が視線をあげ、首をひねった。

塚原に犯行が可能か、時間を計算したのだろう。

「むりですね」

中川が嘆息まじりに言った。

「ウラを取る前から決めつけるもんじゃない」叱るように言った。「時間的に犯行はむりだからといって捜査対象からはずすのは乱暴すぎる」

「そういうつもりでは……いや、そうはっきりものを言っていただけるのはありがたい。で、岩屋さんの感想を聞かせてください」

「真白は正直に話したと思う。それを前提にすれば、被害者の胸中が気になる」

言って、岩屋は煙草をふかした。中川の反応を見たかった。

まだ煙草を喫っていないことに気づいた。神経が集中しているのだ。

中川がおもむろに口をひらく。

「どう気になるのですか」

「被害者は映画ばかと言われるほど、女優になるのを夢見ていた。夢を実現するために嫌いなタイプの塚原と寝たかもしれない。その彼女がなぜ夢を捨てたのか」

「それは覚醒剤事案で検挙されたからでしょう」

「報告したのを忘れたのか」

乱暴なもの言いになった。

「すみません」中川が首をすくめ、左手を頭にやった。「執行猶予の期限が切れたら劇団に戻りたい……そうでしたね」

岩屋は頷いた。

「被害者は女優への未練を断ち切れなかった。それは複数の証言があるので疑いようがない。そこで、疑問が生じる」

「どのような」中川が顔を突きだした。「教えてください」

「劇団に戻りたいという被害者の意志は堅かった。なのに、期限が間近に迫ってもその準備のための行動をおこした気配がない。不自然だと思わないか」

中川が目をぱちくりさせた。

「そうですね。劇団の事務所に顔を見せるとか、それとなく打診するとか。真白にもその話をしてなかったのですか」

「そのようだ」

曖昧に返した。が、確信している。

――アヤは普通の子に戻っていたのかも――

真白からそう聞いたとき、よけいなことを言いそうになった。

ふかした煙草を灰皿に消した。

「もうひとつ、気になることがある」

「真白の誕生日のメールですね」

声があかるくなった。

「ああ。十一月十五日。殺される半月ほど前の、被害者の胸中はどうだったのか」

「自分もおおいに気になります。いやなやつ……」

中川が声を切った。

あとに続く言葉は想像できる。いやなやつが犯人。そう言いかけたのだろう。

「わたしは、その前の、いやなことのほうが気になる」

「えっ」中川が調子はずれの声をあげた。「おなじことでしょう」

「いやなこと、いやなやつ……おなじかな」

岩屋は自問するように言った。

中目黒駅前の歩道に小栗が立っていた。

岩屋は路肩に車を停めた。

小栗が気づき、ダッフルコートを手にして助手席のドアを開ける。

「寒いのに、立たせて申し訳ない」

「気にしないでください」

小栗がシートベルトを締める。

岩屋はアクセルを踏んだ。これから下北沢へむかう。

「群馬の相棒は別行動ですか」

小栗が訊いた。

「あなたに会わせれば神経がすり減る」にやりとした。半分は本音だ。「冗談だよ。相棒はきのうの夜、群馬に帰った。むこうの捜査本部（チヨウバ）は東京での捜査に軸足を置いたらしく、東京出張の捜査員を増やすそうだ」

「ご苦労なことで」小栗がシートにもたれた。「ナイトラウンジの雰囲気ですね」

ジャズが流れている。

「そんな店には縁がない。でも、なんとなくわかるよ」

「なんか、うきうきします」

「わたしはジャズに助けられている。家では厄介者なんだ」

「そんなふうには見えません」

「他人の家の中なんて、誰にもわからんさ。わたしなんて、ひとつ屋根の下で暮らす女房の胸の中もいまだにわからん」

「犯罪者の心理のほうがわかりやすい」

「そんなことはない。人の心はわからん。そう決めつけているのかもしれん。だから、真実を暴くのが苦手で、事実を追い求めている」

「刑事(デカ)だな」独り言のように言い、小栗がジャケットのポケットをさぐる。煙草を手にした。「喫っても」

「もちろん。見てのとおり、天井は汚れている」

「なんて車ですか」

「フォルクスワーゲンのゴルフ。中古を買って二十年になる」

小栗が煙草をくわえ、ライターで火をつけた。

うしろで空気清浄機がうなりだす。こちらも年代ものだ。

小栗が口をひらく。

「劇団の女はどうでした」

「その話をする前に、詫(わ)びを言っておく」

「なんです」

「塚原のことはあなたにまかせると言ったのに、劇団事務所でのやりとりも、劇団の女から聞いた話も群馬の相棒に喋(しゃべ)った」

「かまいませんよ」

小栗があっさり返した。覚醒剤事案の件は伏せたと思っているのだろう。

「すまない。塚原の事情聴取はわたしが立ち会うので結果は報(しら)せる」

「成果があるといいですね」

小栗が美味(うま)そうに煙草をふかした。

「劇団の女の口ぶりから、被害者と塚原はできていたと思われる」

重い口調になった。それでも真白菫とのやりとりを話した。

小栗は黙って聞いていた。ときおり、首をひねるような仕種を見せた。

前方の信号が点滅を始める。岩屋は車を停め、小栗を見た。

「気になる点は」

「名古屋のホテルは確認したのですか」

「ああ。塚原は十日間、二部屋を取っていた。ほかの出演者とは別のホテルだ。宿泊者名簿はどちらの部屋も塚原の名前で、被害者の名前はなかった。が、被害者が塚原とおなじホテルに泊まっていたとの証言がある」

きのうの夕方からは麻布署四階にある捜査一係のデスクで電話を握り続けた。名古屋の劇場のスタッフに公演当時の塚原の宿泊先を聞いた。ホテルに電話し、確認が取れた。共演者のひとりから、新人の女を塚原が泊まるホテルで見かけたとの証言を得た。

そのことも話しているうちに信号が変わった。

小栗は口をつぐんでいる。

それが気になった。

「ほかには」

「十一月十五日ですね」

小栗が確認するように言った。

「そう。気になるのか」

小栗が手帳を開き、カレンダーに指を這わせる。

「直前の週末……第二日曜……」

小栗がつぶやいた。

車がゆれた。並走する車にぶつかりそうになった。

――先月の第二日曜です。正午に、渋谷のハチ公前で待ち合わせていました――

『ゴールドウェブ』の佐伯弥生の声が鼓膜によみがえった。

そのことは謎のケータイとして小栗には話してある。何故、真白のスマートホンを見て思いだされなかったのか。時間が気になっていたのか。

岩屋は車を路肩に停めた。運転に自信がない。ジャズも耳に入らなくなった。

煙草を喫いつけ、ゆっくり吐いた。

小栗が顔をむける。

「塚原の事情聴取はいつやるのですか」

「そのことだが、あなたの意見を聞こうと思い、相棒には来週にしようと言った」

「事情聴取のさいに、十一月の十一日から十三日の行動を確認してください」

「そうする。あなたも、いやなやつは塚原だと」

岩屋もそう思っている。

「だとすれば、気に入らん」

小栗のもの言いが変わった。怒っているようにも感じた。

「どういうふうに」

「点と点がつながらない」

「いやなやつと謎のケータイか」

「覚醒剤事案と太田礼乃」

小栗がぼそっと言った。

「ん」

眉根が寄った。身体も動き、煙草の灰がおちた。ズボンが白くなった。

「そもそも、麻薬取締官はどうして俺を指名したのか」

「それはクラブでのことが」

六本木のクラブ『Gスポット』での出来事は小栗に聞いた。おかげで貧乏くじを引かされたともぼやいていた。

「ほかに理由がありそうに思えてきた」

言って、小栗もあたらしい煙草をくわえた。

岩屋は窓を開けた。息苦しくなってきた。

小栗が続ける。

「麻薬取締官は二か月以上前から塚原に張りついている」

「……………」

声がでなかった。雷に打たれたような感覚に陥った。

「塚原が太田礼乃に接触したとすれば、当然、麻薬取締官はそれを視認したはずです。なのに、俺がもらった資料に礼乃の名前も写真もなかった。資料に載っていたのは事務所のスタッフとキャバクラの女。記載ミスか、記載しなかったのか」

「麻薬取締官に協力を要請されたのは」

「十一月二十一日の月曜」

「わずか十日あまり」声がふるえかけた。「で、点と点か」

小栗がこくりと頷いた。

「ここまでの話は礼乃と塚原が再会したという前提での推測です。が、礼乃から塚原に接触したとは思えない。判決が確定したあと礼乃は引っ越し、ケータイの番号も変えた。一から出直すとも言って」小栗が声を切った。瞳が端に寄る。ややあって声を発した。「マスコミが騒いだことがきっかけになったのかも。礼乃が踊っているとき週刊誌の連中が押しかけて来たと聞いた」

岩屋は息をのんだ。『カモン』の女マネージャーの話を思いだした。

――わたしに相談する数日前に、顔見知りのディレクターが店に来たらしく、うわさがひろがるんじゃないかと――

翻意をうながしたが、被害者の意志は固かったとも言った。

マネージャーとのやりとりを反芻しているうちにはっとし、小栗を見つめた。

「その話を、どこから」

「カモンの関係者です」

小栗がさらりと言った。

だが、誰と問い詰める気にはならなかった。頭も気持も先へむかっている。

「偶然か、必然か。必然なら、その背景はなにか」

呪文を唱えるかのように言い、小栗が煙草をふかした。

岩屋は、ため息を聞いたような気がした。

「あとで署に戻ったら、当時の週刊誌を調べ、関係者から事情を聞くよ」

「期待しています」

小栗の声音が戻った。

頷き、岩屋は車を発進させた。

「稽古場での聞き込みは期待できないだろうね」

くだけたもの言いになった。

本音だ。塚原に関する情報は得られないと思う。劇団の皆が塚原から恩恵を受けているのだ。塚原と距離を置く真白菫から話を聞けたのは僥倖だった。

そう思いながらも、小栗を誘った。情報を交換し、意見を聞く時間がほしかった。釣りに行くときしか乗らない愛車を動かしたのもそのためである。

「また」小栗が目で笑った。「忘れたのですか」

「はあ」

「俺が動けば何とかと」

「そうか」声がはずんだ。「今回は運に恵まれている。そんな気がしてきた」

ピアノの軽快なメロディーが耳に入った。THE OSCAR PETERSON TRIOの『WE GET REQUESTS』。そのアルバムの冒頭の曲である。

岩屋はハミングしそうになった。

★　★

小栗は、西麻布の交差点で車を降りた。捜査一係の岩屋は自宅に帰るそうだ。ジャズを聴きながら頭の中を整理したいとも言った。

近くのラーメン店で遅い昼食を済ませ、麻布署にむかった。

玄関に人の出入りはなかった。六尺棒にもたれ、私服の警察官がとろんとした目つきでどこかを見ていた。五階にあがる。生活安全課のフロアも空気が弛んでいた。空席がめだつ。六本木の街がさみしくなる土日はこんなものだ。保安係の島でも先輩のひとりがパソコンを眺めているだけだった。

ダッフルコートをロッカーに吊るし、近藤係長のデスクの前に立った。

白いポロシャツの上にベージュのセーター。髪は乱れている。

小栗が声をかけるより早く、近藤が顎をしゃくった。

五階には生活安全課専用の取調室がある。

お茶のペットボトルとアルミの灰皿、自分のデスクの卓上カレンダーを持った。

近藤が取調室の奥に座り、手を差しだした。

小栗は一本をぬいてからパッケージを近藤の手のひらに載せた。

火をつけてやる。近藤が天井にむかって紫煙を吐いた。

「急ぐのか」

不機嫌そうに言った。

――相談があります――

電話でそう告げたとき、近藤は家にいたという。小栗は自宅の近くまで行くと言ったのだが、近藤が麻布署で会おうと応じたのだった。

「相談する前に、状況を話しておきます」

前置きし、劇団関係者の証言をかいつまんで話した。劇団『炎』の青江座長、女マネージャー、団員の真白菫の話で、さきほどの稽古場での聞き込みは省略した。岩屋の予想どおり、めぼしい情報は得られなかった。青江に口止めされたとか、塚原に配慮したとかではなく、他人のことに関心がむいてないというふうだった。

報告しているあいだ、近藤は仏頂面だった。

「おまえはなにをやってる」怒ったように言う。「群馬の手伝いを始めたのか」

「その話はあとで。いまの話、頭の隅に残しておいてください」ふかした煙草を灰皿につぶし、卓上カレンダーを近藤のほうにむける。ボールペンで数字に丸印をつけた。「十一月十五日、被害者は友人の劇団員にメールを送った。そのときのやりとりです」

メモ用紙をカレンダーの横に置く。正確ではないかもしれない。そう言って、岩屋がメールのやりとりを書いたものだ。

「いやなこと……いやなやつ」

近藤が諳(そら)んじるように言った。

「そう。つぎに、謎のケータイは憶えていますか」

「ばかにするな」

近藤が声を荒らげた。鼻から煙がでた。

「被害者は所有者不明のケータイを使い、ゴールドウェブの同僚にショートメールを送った。待ち合わせの時刻に遅れると。先月の第二日曜、十三日のことです」

「近いな」

近藤がカレンダーを見ながら言った。

小栗はお茶を飲み、ひと息ついた。

「で、この二つの証言に、劇団関係者の話を絡めます。ただし、この先は俺の推論で、根拠となる証言、証拠はありません」

「いいだろう」近藤が顔をあげる。眼光が増した。「じっくり聞いてやる」

「被害者は塚原安志と関係を持った。岩屋さんが得た証言から、それは間違いない」四年前の名古屋での出来事を話した。「そのさい、覚醒剤を使用した可能性がある。麻薬取締官の光山は、五年前から塚原を狙っていたそうです。別人の覚醒剤事案のあおりを受けて密売ルートが変わったので捜査を断念したとも言った」

「なるほど」近藤が頷く。「麻薬取締官が塚原を標的にしていたのなら、名古屋だろうと沖縄だろうと張りついた。そういうことだな」

「ええ。おなじことは十一月十三日にもあてはまる」

「……」

近藤があんぐりとした。目の玉はこぼれおちそうだ。

「ただの推論ですよ」ほぐすように言う。「いやなやつが塚原だと仮定しての」

「その可能性は」近藤が前のめりになる。「ウラは取れそうか」

「岩屋さんが頼りです。覚醒剤事案で事情聴取をかければ、塚原は防御を固める。光山は激怒する。なので、殺人事案の事情聴取ということでお願いした」

近藤がおおきく息をつき、椅子にもたれた。

「肝心な話はこれからです」

小栗はあたらしい煙草に火をつけた。

「もったいをつけるな」

言いながら近藤もパッケージに手を伸ばした。気が急いているのはあきらかだ。

「光山は、塚原を逮捕するために太田礼乃を利用した。囮捜査。そう推測すれば幾つかの疑念は解ける。が、どうやって礼乃に接触したのか……それが謎です」

「四年前の名古屋」近藤が声を切る。「むりだな。覚醒剤事案の判決がおりる以前のことでは、被害者を威す材料としていかにも弱い」

「そのとおりです。裁判の記録に塚原の名前はなかった。逮捕前に、光山が塚原と礼乃の関係をつかんでいたとしても、どうしようもない」

「一事不再理か」

近藤がぼそっと言った。

刑事事案で判決が確定すれば、その事案に関しての再度の審理は許されない。

「となれば、執行猶予中におきた何かだな」

「そう思います」

「さがしだせ。光山の野郎に一泡吹かせてやれ」

「むりを言わないでください」

「なにがむりだ」近藤が目くじらを立てた。「おまえが言いだしたことじゃないか。責任をもって事実を追及するのが警察官の職務だ」

「いいですか」デスクに両肘をついた。「光山を威して吐かせるわけにはいかない。殺人事案に絡めるにしても群馬県警の承諾がいる。結局、動くのは俺ひとり」

「おまえならやれる」

「むりです」

小栗はそっぽをむいた。

「ばか野郎」

怒声が響いた。近藤が拳でデスクを叩く。灰皿がはねた。

「おまえを見損なった」

「わかりましたよ」近藤を睨む。「やればいいんでしょう」

「おう」

近藤はどこまでも鼻息が荒い。顔は朱に染まった。

「ひとつだけ、礼乃と塚原の接触を確認する方法がある」

「ん」

近藤が眉間に皺を刻んだ。

「で、相談です」

小栗は顔を近づけた。息を感じる距離だ。

「な、なんだ、その目は」

「生まれつきです」

言って姿勢を戻し、煙草をくわえた。一服し、口をひらく。

「元麻布のマンションの防犯カメラの映像を回収してください」

「なんと」

近藤の瞳が固まった。

小栗は畳みかける。

「十一月十三日の前後と、俺が出動した日のすべてを調べます」

「光山らがすでに……」

「それはない」声を強めてさえぎった。「麻薬取締官といえども手続きが要る」

「調べたのか」

「とっくの昔に」

何食わぬ顔で言った。うそだ。が、確信はある。関係各所の防犯カメラの映像を回収して解析するのは強制捜査直前の最終段階である。

「しかし」近藤が眉尻をさげた。「手続きにはそれなりの理由が必要だ。覚醒剤事案で申請すれば光山に知られてしまう」

「傷害事案で」

「でっちあげか」

小栗は首をふった。

「今週水曜の未明、西麻布で傷害事件が発生した。わが署に通報も被害届もないけれど、事件がおきたのは事実です。必要なら届をだすよう被害者を説得する。が、できることなら表ざたにしたくない」

「そうもいかん。傷害事件が覚醒剤事案の関係者とつながっていれば、あとで問題になっても言い逃れはできるが」

「加害者は関係者です」

　小栗はきっぱりと言った。

「誰だ」

「東仁会の島田。係長のお手柄ですよ」

「ん」近藤の小鼻が動く。「そうか。島田の女は塚原の遊び相手だったな」

「行けるでしょう」

　近藤が二度三度、頷いた。

「さっそく手続きをしてください」

「そんなに急ぐのか」

「あすにでも塚原が動きそうな予感があります」

　小栗は予感の理由を言った。

「いいだろう。深夜になろうと、映像の解析には立ち会えよ」

「もちろん」

ふいに、近藤の顔が傾いた。

「被害者が映っていれば、どうする」

「言うまでもない。強行突破です」

近藤がぽかんとした。

小栗は胸でほくそえんだ。近藤はまんまと策略にはまった。

「しくじったら」

近藤の顔に不安の気配がひろがる。

「そのときは、警察官を辞めます」

うそではない。結果が裏目にでたら、近藤を護(まも)る。

五秒か、十秒か。取調室が静まり返った。

椅子のずれる音がした。近藤が無言で立ち去る。

小栗は取調室に残った。連絡を取りたい男がいる。くわえ煙草で携帯電話にふれた。一回の着信音でつながった。

平野祐希は常に携帯電話を握っているのか。

《はい》

おちついた声音だった。

「小栗だ。変わりはないか」
《ないです》
「やつはどこにいる」
《恵比寿の部屋にいると思います》
「連絡を取ってないのか」
《わたしからは……しつこくすると叱られます》
「やつからはかかってくるんだな」
《はい。けさも話しました》
「電話番号を教えてくれ」
《知らないのですか》
「ああ。以前もらった名刺には六三企画のオフィスの番号しかなかった」
ためらう気配があった。が、すぐに声が届いた。
小栗は手帳に書き留めて、通話を切った。
後始末をして、取調室を出る。
保安係の島に近藤の姿はなかった。
近藤は頼りになる。署の内外に豊富な人脈を持つので、むりな依頼をしても、その気にさせれば望みどおりの結果を得られる。

午後五時を過ぎて麻布署を出た。東京メトロ日比谷線に乗り、恵比寿駅で降りた。買い物を済ませ、駒沢通を中目黒方面へ歩く。途中で左折し、路地を右に左に曲がった。静かな住宅街だ。グレーのマンションを見つけ、エントランスに入った。

メールボックスを確認する。五〇二のプレートは白紙だった。数字のボタンを押し、チャイムを鳴らした。声はない。が、自動扉が開錠する音はした。エレベーターで五階にあがった。五〇二号室の玄関のドアがすこし開いている。目だけが見えた。

小栗は黙ってドアノブを引いた。

城之内六三が背をむけ、通路を歩きだした。

右側にキッチン、通路の左にはドアが二つ。トイレとバスルームか。

正面のドアのむこうはリビングだった。

二十平米ほどか。もっとひろく感じる。左の壁にセミダブルのベッド、中央に白木の長方形の座卓。座卓とベランダの間にリクライニングの籐椅子（とういす）がある。左の壁に五十インチほどのテレビが掛かっていた。飾り物はいっさいない。ベランダのカーテンと出窓のそれはブラックとオフホワイトの縦縞（たてじま）だ。

葬式の準備は万端のようだな。憎まれ口を叩きそうになる。

「何の用や」

城之内が言った。

籐椅子に身体を預けている。白いジャージの上下。肩に吊るした三角巾がめだたない。ぼさぼさの髪に無精髭。目はすこし窪んでいた。

「差し入れだ」レジ袋を座卓に置いた。「腹が減ったから、おまえの分も買ってきた」

「ホカ弁か」

「官弁のほうがよかったか」

「おもろいおっさんやのう」城之内がそろりと立ちあがり、座卓に胡坐をかいた。「食いもんに贅沢は言わん」

小栗はキッチンにむかった。

シンクに水切りラックがある。冷蔵庫を覗いた。あかるい。棚に缶ビールが五本。ラックにミネラルウォーターと黒烏龍茶のペットボトルが立っている。

「グラスはひとつしかないのか」

「俺はマグカップでええ」

グラスとマグカップ、缶ビールとミネラルウォーターを運んだ。

城之内が割箸をくわえて割った。

小栗は缶ビールのプルタブをおこした。

「飲むか」

「いらん」

投げやりに言い、城之内が食べだした。

総菜屋でおかずがたっぷりの弁当を買った。和洋中、なんでもある。

小栗はビールを飲みながらおかずをつまんだ。

城之内は手を休めない。

早飯、早糞はやくざの常識だ。おいぼれの元やくざ者が言った。喧嘩出入りと刑務所を意識しての心構えだ。そう聞いて笑った。その老人はスーパーマーケットで弁当を万引きした。気づいた警備員があとを追ったが、見つけたとき弁当は空だったという。

食べおえた城之内が紙袋を手にした。三種類の錠剤をのみくだす。

「痛むのか」

「生きてる証や」ぞんざいに言う。「用を言え」

小栗は箸を置いた。煙草を喫いつける。

「相談がある」

頼み事だが、そう言えば見返りを求めるようで癪にさわる。

城之内も煙草をくわえた。

「しばらく動くな。俺の邪魔になる」

「なんで。東仁会の島田を的にかけてるんか」

「島田の関係者だ。場合によっては島田から事情を聞くこともある」紫煙を吐いた。「報復をするなとは言わん。待ってくれ」

「いつまで」

「一週間もあれば片がつく」

「ええやろ。あんたには世話になった」

言って立ちあがり、籐椅子に戻った。そのほうが楽なのだろう。

小栗はビールを飲んでから話しかけた。

「麻布署に来てもらうはめになるかもしれん」

「あんたらが見物する前で、俺にけじめを取らせるんか」

城之内が真顔で言った。

こいつに冗談は通じない。そう感じた。なんでもやりそうな雰囲気がある。胆の据わった男を見たことはあるが、殺気を漂わせる男は初めてだ。ふいに石井がうかんだ。似て非だ。石井はどんな気配も感じさせない。

小栗は城之内の目を見つめた。

「ある事案の書類上の手続きで、おまえが襲われた事件を使った。面倒になることはないと思うが、前もって話しておきたかった」

「行って、何をやる」

「被害届をだしてもらう」

城之内が相好を崩した。笑いが声になる。

「俺が警察に泣きを入れるんか。かまへん。いつでも言うてこい。ピーピー泣いたる」

小栗は煙草を消した。レジ袋に器を入れる。

「残飯はそとや。ゴミ置き場がある」

言って、城之内は顔のむきを変えた。

目をつむったように見える。

「温泉でも行ったらどうだ」声をかけ、立ちあがる。「しばらくのんびりしろ」

返答はなかった。

小栗は座卓の上を片づけ、食器を洗い、レジ袋を手に部屋を出た。

そうするのがあたりまえのような雰囲気が、あの部屋にはあった。

葬式の準備は万端のようだな。

また、声になりかけた。

枕元がうるさい。

手でさぐり、携帯電話をつかんだ。

「はい、小栗」

ひしゃげた声がでた。
《寝てたのか》
石井の声だ。静かなもの言いだった。
「ああ。どうした」
《会えるか》
小栗は目覚まし時計を見た。午後五時にセットしていた。三時になるところだ。
「何時にする」
《おまえにまかせる》
「夜はむずかしい。四時か五時でどうだ」
《では五時に。日曜だからＢ　ｂａｒにしよう》
「わかった」
通路を切った。寝たまま両腕を伸ばす。欠伸（あくび）がでた。身体を起こし、煙草をくわえる。床を見た。ジャケットもズボンも脱ぎ捨ててある。座卓にグラスと灰皿。エアコンはつけっぱなしだった。咽がざらざらする。ペットボトルの水を飲んだ。
煙草をふかしているうちに城之内の部屋がうかんだ。
部屋を見渡した。ベッドに座卓とテレビ。似たようなものだ。上等の籐椅子の代わりに座椅子。テレビの脇のラックにはＤＶＤとＣＤが積んである。

城之内とは歳も近い。警察データには昭和五十六年生とある。小栗の三歳下だ。どういう生き方をすればああなるのか。

ふと思い、首をふった。背伸びをし、リビングを出た。

靴脱ぎ場の壁に掛かる鏡を見た。前の住人が残したものだ。

顎髭がめだち、目は充血していた。何時間もモニター画面を見ていたせいだ。

上司の近藤の動きは速かった。緊急事案として書面上の手続きを踏み、元麻布のマンションの管理会社に捜査協力を要請した。近藤の署内人脈が遺憾なく活かされた。

きのうの夜から映像解析の担当官と部屋にこもった。回収したのはマンション内の二箇所。エントランスとエレベーター内の映像だった。

映像解析システムが飛躍的に進化したといっても、特定の人物を見つけるのは捜査員の仕事だ。人が映るたびに目を凝らした。

日付が替わってまもなくだった。目を皿にした。エレベーターに乗った女がサングラスをはずしたところで映像を止めた。『ゴールドウェブ』の太田礼乃だった。12／01／01・23。三度目の出動要請を受け、福西とマンションを見張った夜だ。女がマンションに入ってほどなく、光山の部下の久保が車であらわれた。

映像を動かし、女が七階で降りるのを視認し、ほかの映像をチェックした。

作業をおえたのはきょうの午前十時だった。つき合ってくれた担当官に礼を言い、五階に戻った。近藤は眠たそうな顔をしていた。気が気ではなく、仮眠も取れなかったか。いつものカフェテラスに誘い、結果を報告した。近藤の目が輝いた。

――つぎに備える。存分にやれ――

近藤の元気な声を聞いたとたんに目がしょぼついた。署内での徹夜作業などひさしくやったことがなかった。アパートに着いたのは正午だった。

鏡にむかって顔をしかめ、ガスコンロのつまみをひねる。薬缶が沸騰して火を消した。すこし冷める間に歯を磨き、口をゆすいだ。寝不足は口中がうっとうしくなる。

ペーパードリップでコーヒーを淹れた。

リビングに戻り、ミニコンポのリモコンにふれた。

女の声が流れだした。きれいな声とは言えない。それなのに耳心地がいい。SADEの『DIAMOND LIFE』。部屋にそよ風が立つような感覚になる。


麻布署に寄って準備を整え、そとに出た。上り坂を避けたい気分だ。六本木ヒルズを過ぎて左折し、テレ朝通から六本木けやき坂をくだる。『ティファニー六本木ヒルズ店』の角を右折した。つきあたりに『Ｂ　ｂａｒ』がある。

開店まもない店内はひっそりとしていた。

石井聡はすでに来ていて、カウンター席でグラスをもてあそんでいた。

小栗は石井の左側に座った。となりは壁だ。

石井の頬がこけたように見える。痩せたか。そのひと言ははばかられた。

「オールドパーの水割りを」

バーテンダーに声をかけて頬杖をつき、煙草をくわえた。

「体調が悪いのか」

石井が言った。顔は笑っている。

「このあと、忙しくなりそうだ」

「例の大物か」

「それだけじゃない」

煙草をふかした。赤いコースターにグラスが載った。それを飲む。

「ほかになにがある」石井がさぐるような目をした。「群馬も絡んでいるのか」

「なんとも言えん」

言葉をにごした。

ここにくる道すがら、石井に提供できる情報を頭で選んだ。西麻布の傷害事件は隠す。石井は城之内の動向を気にしている。心配の種が増えるだけだ。殺人事案は問題ない。守秘義務などくそ食らえだ。太田礼乃と塚原安志の関係をどうするか。

「後悔している」

低い声がした。

石井がグラスをつかんでいる。

神経がとがった。グラスが砕けそうだ。

「なにを」

「太田は悩みをかかえていたか、面倒にまきこまれていた」

「本人がそう言ったのか」

「俺の勘だ」石井がグラスを傾けた。「太田の夢は知ってるか」

「女優になりたかった。覚醒剤で逮捕される以前に、劇団に所属していたのはわかった。劇団の関係者からも話を聞いた」

「俺は本人から聞いた。執行猶予の期限が切れたら、一から勉強をしたいと。女優への願望は半端ではなかった。俺は応援するつもりでいた」淡々と語り、息をつく。「が、二か月ほど前から夢の話をしなくなった」

「刑事にそのことを話したか」

石井が首をふる。

「予断になる」

「えっ」

「憶えているだろう。刑事の偏見と予断で迷惑を被った」

小栗は頷いた。

石井は傷害罪で執行猶予付きの有罪判決を受けた。猶予期間中に会社を設立したことで麻布署組織犯罪対策課四係の刑事から執拗に絡まれたという。その刑事は『ゴールドウェブ』を金竜会会長のフロント企業と睨んだのだった。

「もっと親身になってやればよかった」

しんみりとした口調だった。

小栗は水割りで間を空け、迷いを吹っ切った。

「劇団にいるとき、太田礼乃は塚原と知り合った。塚原に口説かれ、関係を持ったと思われる」名古屋での件を話し、ひと息つく。「礼乃は塚原と再会した。先月十三日の深夜に元麻布のマンションでな。さっき、防犯カメラで確認した」

「再会……関係が続いていたわけじゃないんだな」

石井の表情がけわしくなった。

「そう思う。なんらかの理由で」

小栗は声を切った。また迷いが頭をもたげた。麻薬取締官による囮捜査。推論を口にするのはためらいがある。

「頼む」

石井が両手をカウンターの端にあて、頭をさげた。

小栗はじっと見つめた。石井が顔をあげる。目を見て、頷いた。

「ここから先は推論だ。礼乃は十一月十三日以前にも塚原に会った。そう考えている。その事実を知って何者かが礼乃を威し、利用した」

「なんのために」石井がまばたきした。「そうか、塚原を狙う麻薬取締官か」

「そう考えればすべてがつながる。が、証拠がない。そもそも、礼乃が覚醒剤を打っていたころに塚原と会っていたという事実は見つかっていない。供述調書にも裁判の記録にも塚原の名前はないんだ」

「おまえは確信している」

止めを刺すようなもの言いだった。

「そう迫るな」小栗は苦笑を洩らした。「執行猶予中のどこかの時期に、塚原は礼乃に接触した。そうでなければ、礼乃を囮には使えん。そうさせる理由がないからな。ただし、礼乃のほうから連絡を取ったとは考えられない」

「しかし」

石井がつぶやき、首をかしげた。

「しかし、なんだ」

「遊びで覚醒剤を打ったことがある。常用者は見ればわかる。俺の会社にいるあいだ、太田が覚醒剤を打っていたとはどうしても思えん」

「同感だ。が、塚原は礼乃に近づいた。その推論はゆるがない」

言って、小栗はグラスを空けた。バーテンダーにお代わりを頼む。あたらしいグラスがくるまで、石井は口をつぐんでいた。

バーテンダーが無言で離れた。

石井が口をひらく。

「くされ外道が」

吐き捨てるように言った。目に糸のような血管が走っている。

「仇は取る」

小栗は、石井の目を見て言った。

「犯人を殺るのか」

「……」

声がでない。背筋をつめたいものが流れた。

「冗談だ」石井が声音を変えた。「俺には殺れん。ほかにも社員がいる」

「安心した」

本音がこぼれでた。しかし、まだ胸はざわついている。石井の気性はわかっているつもりだ。水割りを飲み、煙草をふかしてから言葉をたした。

「忸怩たる思いがあるのはわかる。が、あんたは会社と社員を護ることに専念しろ。ついでに、花摘も頼む」

　石井が頬を弛めた。目の光もやわらかくなった。


　南山小学校と六本木高等学校にはさまれた坂道をあがる。

　路肩にグレーの車が停まっていた。斜め前方にさくら坂公園。園内の街灯が夜空にむかって淡い光を放っている。坂道にも公園にも人影はない。午前一時を過ぎた。

　福西がグレーの車のうしろに車を停める。光山が手配した車だ。

　前方の車が動きだす。人が降りてくることも合図もなかった。

　福西が手のひらでハンドルを叩いた。

　小栗は声をかけた。

「どうした」

「出て来たら、文句のひとつも言おうと思ったのですが」

「まだ怒っているのか」

「あたりまえでしょう。侮辱されたんですよ」

「そうかい。なら、あとで喧嘩をさせてやる」

「えっ。どういう意味ですか」

「そのうちわかる」

小栗は携帯電話を手にした。ショートメールを送る。

福西が顔をむけた。

「誰にメールを」

「いちいちうるさい。南島だ」

「そうか。あいつは柏木愛実のマンションに張りついているのですね」

福西が喋っている間にメールが届いた。

――たったいま出てきました。ひとりです。道路で手を挙げています――

返信を打つ。

――むりに追うな。追尾する車の有無を確認しろ――

――了解です――

携帯電話を畳み、ズボンのポケットに収めた。スタジアムジャンパーにカーゴパンツ。冬に着る小栗の戦闘服である。

「愛実がくるのですか」

「直にわかる」

福西が頬をふくらませた。それでも好奇心は萎えないようだ。

「喧嘩をさせるって」

「愛実をさらう。塚原と出てきたところを」

「……」

福西の目も口もまるくなった。

「どうした」

「そんなことをすれば、麻薬取締官が……」

「おまえの望みどおりになるじゃないか」

福西がぶるぶると顔をふる。

「いやなら降りろ」

「理由を教えてください」

「話せば逃がさんぞ。いいのか」

目と声で威した。

福西の咽仏が上下した。

かまわず続ける。

「塚原は群馬の殺人事案にかかわった」

「礼乃ちゃんの……それなら塚原を……どうして愛実なんですか」

福西が途切れ途切れに言った。思考回路が切れたか。

小栗は煙草をくわえた。火をつけてから話しかける。

「一緒にやるのか」

「やります」声が元気になった。「礼乃ちゃんの仇を取りたい」

「いいだろう」

小栗は、塚原と礼乃の関係を簡潔に話し、上司の近藤係長と相談の上でここに至ったと言い添えた。それで、福西もすこしは気分が楽になる。

坂道があかるくなった。

「伏せろ」

言って、小栗は背をまるめた。

福西はハンドルの下にもぐった。

車の停まる音がした。ややあって、ドアの閉まる音も聞こえた。

小栗は頭をあげた。

赤いダウンジャケットを着た女がマンションにむかっている。手ぶらだ。あたりを気にするふうもない。階段を踏む音が響いた。

「機嫌がよさそうですね」

福西が言った。いつのまにか身体を起こしていた。

小栗は反応しなかった。頭の中が動いている。

塚原とはいつからのつき合いなのか。何故、東仁会の島田は容認しているのか。愛実と同居同然の島田が二人の関係を知らないとは思えない。

最大の謎は、麻薬取締官の光山が礼乃を囮捜査に使った理由だ。

麻薬事案で強制捜査を行なうには、監視対象者が覚醒剤を所持しているとの確証が必要になる。その点では囮捜査そのものは納得できる。

だが、礼乃を使わなくても塚原に迫ることはできたはずだ。愛実は島田の愛人で、島田は覚醒剤密売の元締に近い人物でもある。たとえ別件であろうと、愛実の身柄を押さえて供述を得れば、塚原逮捕に結びつく。

光山はどうして囮捜査にこだわったのか。

その謎を解くために、近藤係長を説得したのだった。

また車が坂を駆けあがってきた。ヘッドライトが点滅する。南島の車が通りすぎ、十メートルほど前方で停まった。

頭上で物音がした。

小栗は目を開けた。うとうとしていたようだ。首を傾け、フロントガラスを覗く。空は白みかけていた。カラスの鳴き声が聞こえる。

横から手が伸びた。プラスチックのカップから湯気が立っている。

姿勢を戻し、カップを受け取る。

「どうした」

「南島の差し入れです」福西が円筒形のステンレスボトルをかざした。「家でコーヒーを淹れてきたそうです」

「ふーん」

そっけなく返した。感情は反応しない。

美味いコーヒーだった。カップを片手に煙草を喫いつける。不味くはなかった。

人の声がして、坂道に目をやった。

老女が歩いている。細いリードの先で、小犬が尻尾をふった。犬の種類はさっぱりわからない。薄茶色の胴体はピンクのベストに隠れている。周囲に人は見あたらない。老女は小犬に話しかけていたのか。

「マンションに人の出入りはあったか」

先に福西を仮眠させ、四時過ぎに交替した。

「新聞配達員が出入りしただけです」

時刻を確認した。もうすぐ午前六時になる。

「段取りを教えてください」

福西が訊いた。目は元気だ。やる気になっている。

「さらうのは愛実だけ。俺がやる」

「塚原はどうするのです」

「無視だ。おまえは塚原のあとを追え」

「オグさんの動きを悟られないよう、自分が囮になるのですね」

小栗は首をかしげた。表現がおかしい。が、どうでもいい。言いたいことはわかる。光山が車に取り付けたＧＰＳ端末をカモフラージュとして利用するのだ。

そのために南島を呼んだ。

「塚原はおとなしく消えるでしょうか」

「抵抗すれば連行する。が、その可能性はゼロだな。わが身があぶないのに、愛実を庇うはずもない。やつはカスだ」

福西が目をしばたたいた。

「オグさんがそんなことを言うの、めずらしいですね」

「かもな」

言って、カップを空けた。最後まで美味かった。

「別々に出て来たら、どうしますか」

「おなじだ。塚原が先なら俺は南島の車に移る」

「わかりました。あとは邪魔が入らないことを願うだけです」

「はあ」

「麻薬取締官ですよ。いつかみたいに戻ってくるかもしれない」

その心配はないとは言い切れない。が、想定外の出来事は臨機応変。信条だ。

前方から二人の女が坂道をくだってくる。お揃いの紺色のコート。学生か。両手にものを提げている。片方は変形だ。テニスかバドミントンか。ラケットケースに見える。

笑顔でかたわらを過ぎる。

福西が息をついた。

些細なことでも緊張が走る。それは小栗もおなじである。

「来た」

福西が声を張り、身をかがめた。

小栗はシートを倒した。黒のエルグランド。それだけは視認できた。

五つ数えて、頭をあげた。

十メートルほど後方にエルグランドが停まっている。

シートをおこし、ドアノブに手をかける。

「なにがあろうと出てくるな」

福西が頷くのを見て、ドアを開ける。両手をジャンパーのポケットに入れ、物見をするかのようにゆっくり歩いた。

塚原はすぐにあらわれるだろう。これまでも迎えの車が到着して三分と経たないうちにマンションから出てきた。

音がし、視線をふった。自動ドアが開き、二人が階段を降りる。

小栗はエルグランドのうしろから回り込んだ。さっと愛実の前に立ちはだかる。塚原のほうは見なかった。

「柏木愛実だな」手帳をかざした。「西麻布の傷害事件で、聞きたいことがある」

「なに言ってるの」

金切り声だった。愛実の眦がつりあがる。

「言い分は署で聞く」

腕を取った。愛実がふりほどこうとする。

「おとなしくしろ」声で凄んだ。「いまのところ、事情聴取だ。抵抗すれば公務執行妨害で現行犯逮捕する。それでもいいのか」

ちらと塚原を見た。

杭棒のように突っ立ち、顔は青ざめていた。

「わたしは、行く」

蚊の鳴くような声がした。

愛実が塚原を睨みつける。口がひらいたけれど、声にはならなかった。

「いいですね」

また塚原が声を発した。小栗を見ようともしない。

俺の顔を忘れたのか。からかいたくなる。

「けっこうです」

さらりと返し、愛実の腕を引いた。

愛実はもう抵抗しなかった。あらがえばさらなる不運に見舞われる。それがわかっているのだ。必死に感情を堪えているような顔つきになった。

坂道をのぼる。

塚原を乗せたエルグランドが追い越して行く。

GPS端末を付けた車が動きだした。

前方に人が立っている。４WDのドアを開け、南島が待っていた。

★

★

《塚原は桜上水の家に帰りました》

小栗の声は遠くに聞こえた。頭が眠っている。携帯電話の音で目が覚めた。午前七時。

いつもならとっくに起きて朝飯を食べている時間だ。

岩屋は頭をふってから口をひらいた。

「首尾は」

きのうの深夜に、これから塚原に張りつくと連絡があった。
《上々です。一緒にいた女の身柄を確保した。まもなく取り調べを始めます》
「抵抗しなかったのか」
《別件ですから。マンションから出てきたところで任意同行を求めた。女はむきになったが、覚醒剤を食っているので事を荒立てるのはまずいと思ったのでしょう》
「塚原は」
《なにも……女を庇うそぶりすら見せず、真っ青な顔で迎えの車に乗った》
「わかった。群馬の相棒に連絡し、桜上水にむかう」
《身柄を取るのですか》
「とりあえず事情聴取に留める。こっちは別件というわけにはいかない」
小栗の邪魔になる。麻薬取締官が横槍を入れる可能性もある。
《俺には遠慮なく》
やさしい声音だった。心中を読まれたか。
「健闘を祈る」
言って、岩屋は通話を切った。
右手で首の後ろをもんだ。後頭部が重い。昨夜は寝付けなかった。
きのうは朝から自宅近くの図書館にこもった。新聞や週刊誌が発行順に揃えてあるので過去の出来事や世相を調べるさいに利用する。最近はインターネットでも検索できるけれど、校閲がない記事は信頼感で劣る。新聞や週刊誌を片っ端から読み漁(あさ)った。三年前の太田礼乃の記事を見つけると、必要な個所をメモに書き留めた。

図書館を出たときは陽が暮れかけていた。急いで麻布署にむかった。日曜というだけでも不安なのに、夜になれば連絡が取れなくなる確率が高まる。

麻布署四階のデスクに座り、電話をかけまくった。

ほとんどの電話はつながった。そうなれば楽だ。警察の、いわば特権である。マスコミの連中は捜査に協力し、見返りを得ようとする。スクープに餓えているのだ。当時の記事の担当者の連絡先を教えてもらい、話を聞いた。

幾つかの有力な情報を得た。腕が鳴りそうな高揚感を覚えた。しんと寝静まった深夜に帰宅したあとも、あれこれと策がうかんだ。

あげくの寝不足である。普段なら睡眠薬の代わりになるKeith Jarrettのピアノソロをかけても眠れなかった。

ベッドをぬけだしてリモコンで選曲したあと、煙草をくわえた。

そっと肌を撫(な)でるように、アルトサクソフォーンの音が流れだした。Cannonball Adderleyが奏でる『AUTUMN LEAVES』。

紫煙を吐いたところにノックの音がし、妻の亜矢子が顔を覗(のぞ)かせた。

「あなた、どうするの」

「なにを」

「週末に彼氏がくる話よ。あとで聞くって言ったじゃない」

「そうだっけ」

ガレージで声をかけられた。が、どう答えたか、憶えていない。

「会うの」

亜矢子の声がとがった。

「そんな先のことはわからん」

「そう。じゃあ、私たちで決めるから」

「えっ」

「結婚よ」

亜矢子が背をむける。

あわてて声をかけた。

「飯は」

亜矢子がふりむいた。目が怒っている。

「ごはんとジャズにしか興味がないの」

「食べながら聞こうと思って」

言訳がましくなった。

「けっこうです」

はねつけるように言い、亜矢子が後ろ手でドアを閉めた。

枯葉がどこかに飛んでしまった。

岩屋は気を取り直して携帯電話を手にした。

五回の発信音でつながった。群馬県警館林署の中川の声は眠そうだった。

★　★

「これより事情聴取を始める」

小栗は、部署名と名前を告げて、ドアに近いほうの椅子に腰をおろした。デスクにノートを開き、ボールペンを持つ。

三畳ほどの取調室に柏木愛実と差している。

反対側の壁にもデスクがあるが、筆記係の警察官はいない。初回の訊問ではそんなものだ。ましてや愛実は被疑者として任意同行を求めたのではなかった。愛実の供述をノートに書き留め、それを基にノートパソコンで文書を作成する。できあがれば印刷し、文面を読んで聞かせたあと、愛実に署名、捺印を求める。

愛実は椅子にもたれ、脚を組んでいる。白地に紺色のストライプのシャツ、ジーンズに白いスニーカーという身なりだ。セミロングの髪はブラシが入っていないようだ。

住所、氏名、年齢、職業はすらすら答えた。

小栗はペンを走らせ、顔をあげた。

「こういう場所は慣れているのか」

「ばかを言わないで。いったい、わたしがなにをしたっていうの」

「傷害事件の被疑者を匿った。逃亡を幇助(ほうじょ)した疑いもある」

「被疑者って誰よ」

「そう急ぐな」

小栗は煙草をくわえた。アルミの灰皿を持ち込んだ。ちかごろは取調室での喫煙を禁止する所轄署が増えた。受動喫煙に配慮してのことだという。

取り調べを始める前に、愛実の所持品を点検した。ダウンジャケットのポケットにメンソールの煙草とライター、携帯電話と折り畳みの財布が入っていた。ジーンズのポケットには三つの鍵が付いたキーホルダーとティッシュペーパー。すべて保管した。

「おまえも喫うか」

「わたしの煙草を持ってきてよ」

「舐(な)めるな」

言って、煙草をふかした。

愛実が露骨に顔をゆがめた。

「先週火曜の夜だが、おまえはなにをしていた」

「お店よ」

「キャバクラのイエローマドンナだな」

面倒でも訊く。愛実が頷いた。表情が変わった。瞳が左右にゆれる。

「思いだしているのか」顔を近づける。「すぐにばれるうそはつくな」

「うるさいわね」

愛実が声を荒らげた。

「店を出たあとは」

「帰った」

「家に」愛実が頷くのを見て続ける。「ひとりでか」

「男と」声がちいさくなる。「彼氏」

返答をためらわなかったのはウラを取られていると悟った証だ。

「男の名前と職業は」

「島田直也、やくざよ」

「東仁会の島田か」

「そう」

「マンションに帰ったのは何時だ」

「いちいち憶えてない。お店を出たのは十二時過ぎ」

「まっすぐ帰った。で、家で何をした」

「ばかじゃないの。シャワーを浴びて、寝る。誰だってそうでしょう」

小栗はペンを置いた。ひたすらうっとうしい。煙草をふかして間を空ける。

「なにしてるの」愛実が両手をデスクにのせた。「早く済ませてよ」

「やけに元気だな。眠くないのか。腹はどうだ」

「……………」

愛実が椅子にもたれ、おおげさに息をついた。

「正直に話せ。そのうち、どっと疲れがでるぞ。脂汗も」

「どういう意味よ」

強がっても、声には力がなかった。

じわじわと切れてきたか。小栗はそう感じた。

「おまえの家を訪ねたのは誰だ」

「えっ」愛実が目をまるくした。「なんの話……」

「ふざけるな」怒鳴りつけた。「留置場で寝たいのか」

「それなら答えろ。深夜の二時過ぎ、誰が訪ねてきた」

「冗談言わないで」

「島田組の人たち。急用ができたとか」

「名前を言え」

「宮沢と横内。どっちも島田組の幹部よ」

「よけいなことは言うな。で、どんな急用だった」

「知らない。わたしは寝てた」

「そうかい」小栗は立ちあがった。「ここで待ってろ」

「どこへ行くの」

「逮捕状を取る。虚偽の証言は罪を認めるのとおなじだ」

「そんな」声がうわずり、愛実が前のめりになる。「座ってよ。話すから」

小栗は座り直し、ボールペンを握った。

愛実がぼそぼそと喋る。話しおえ、煙草をくわえる。

火をつけてやり、小栗もあたらしい煙草を喫いつけた。

供述には疑念がある。平野祐希の話とも異なる。が、それを追及するつもりはない。愛実の口から城之内六三の名前がでなかったのはむしろ好都合だ。

喋っているあいだ、愛実は何度か、舌先でくちびるを舐めた。うその供述で緊張したのか、覚醒剤の効果が切れてきたのか。髪をかきあげる仕種も見せた。

　小栗はにんまりした。禁断症状がでるのを期待して事情聴取の開始を遅らせた。

「休憩するか」

　愛実が首をふる。さっきまでの威勢のよさは失せた。

　小栗は煙草を灰皿につぶした。これからが本番である。

「元麻布のマンションから一緒に出てきた男は何者だ」

「……」

「あの男の部屋にいたのか。何号室だ。何時に入った」

　矢継ぎ早に訊いた。

「知ってるんでしょう」

「ああ。が、おまえの話を書くようになっている。面倒をかけるな」

「俳優の塚原安志」面倒そうに言う。「十二時過ぎに電話で呼ばれた」

「塚原の部屋なのか」

「後援者から借りてるみたい」

「何回、行った。どれくらいつき合ってる」

「回数なんて憶えてない」瞳が端に寄る。「二、三年かな」

「はっきり言え。二年と三年じゃ大違いだ」

「そんなに怒鳴らなくても……あの人は傷害事件に関係ないじゃん」

「あるかないか、俺が決める。そんなことより返答しろ。いつからのつき合いだ」

「二年は過ぎた。塚原がお店に遊びに来て、わたしが席に着いた」

「で、口説かれた」

「そう。おカネを使ってくれそうだったし」

愛実が声を切り、眉をひそめた。

つい口が滑った。そんな顔に見える。

「ほかには」

「うるさい」愛実が声を張る。「どうしてあの人のことをしつこく訊くの」

「おまえはどうしてむきになる。あの部屋で何をした」

「そんなこと、訊く」語尾がはねた。「セックスよ」

「ノーマルか」腕を伸ばした。愛実の頭髪をつかむ。「まともに答えろ。髪の毛をさわられて気持がいいか」

「なに言ってるの」愛実が睨む。「訴えるわよ」

「やれ。手間がはぶける」

手を放した。

愛実が椅子にもたれる。

同時に、平手打ちを見舞った。

部屋に乾いた音が響いた。愛実が左手で頬を覆う。目がおびえだした。

「暴力行為で訴えろ。一係の刑事を呼んでやる」

「やめて」

聞こえないほどの声だった。うなだれている。

「塚原から電話があったとき、おまえはどこにいた」

「部屋」

「島田と一緒だったのか」

「……………」

うなだれたままだ。髪に隠れて表情がわからない。

小栗はデスクを叩いた。

はねるようにして、愛実が顔をあげる。

「島田は承知か」

愛実が頷いた。そのまま顔が見えなくなる。

おとしどころだ。小栗は両肘をデスクについた。愛実の顔を覗き込む。

「島田とは何年のつき合いだ」

愛実の瞳がゆれた。

「念のために訊いてる。素直に答えろ」

「五年、かな」

「やくざの面子はどうした。女を寝取られて平気なのか」

「知らないわよ」

「粋がるな」顔を近づける。「平気な理由がある。そういうことだな」

「理由なんて」

声がふるえた。

「島田のしのぎは」

愛実が首をふる。

「教えてやる。性風俗と覚醒剤だ」

島田はデリバリーヘルスとAVプロダクションにかかわっている。一方で、覚醒剤の仲卸人として売人らを束ねているという。山路が情報を集めてくれた。

「おまえも食ってるのか」

「……………」

愛実の髪が激しくゆれた。頭がもげおちそうだ。

「じゃあ、売ってるのか。塚原は客か。サービスで添い寝してるのか」

ひと息にまくし立てた。

「ふざけないで」

愛実が絞りだすように言った。

「においと雰囲気でわかったか」

「えっ」

「塚原だ。覚醒剤を食っていると。で、接近した」

「違う」こんどは甲高い声になった。「でたらめ言わないでよ」

「塚原のほうがにおいを嗅ぎつけたか」煙草で間を空ける。「どっちにしても島田には都合がよかったわけだ」

蔑むように睨んだあと、愛実がそっぽをむいた。

「こっちを見ろ」

愛実が従った。くちびるを噛んでいる。

小栗は立ちあがり、ドアを開けた。通路に立つ女性警察官を手招いた。

「トイレに行きたいそうだ。紙コップを用意しなさい」

「いや」

愛実が叫んだ。

「いやなら、ここで洩らせ。それでも検査はできる」

女性警察官が目をぱちくりさせた。あわてて、愛実のそばに寄る。

「さあ、行きましょう」

腕を取られ、愛実が部屋を出ていく。身体は縮んでいた。

★　★

門柱に〈塚原〉と彫られた大理石の表札がある。

岩屋は門扉の前に立ち、前方を見あげた。

二階建ての白壁が冬の陽を存分に浴びている。その上に青い瓦がある。

いまごろ小栗は麻布署の取調室にいるだろう。首尾よく真相に迫ったか。あるいは、冷や汗をかいているか。そんなことを思うだけで、臍の下に力がみなぎる。

中川が門柱のインターホンを押した。

『はい』女の声がした。『どちら様でしょう』

「群馬県警の者です」

中川がカメラレンズにむけて手帳をひらいた。

『お待ちください』

ほどなく玄関の扉が開き、女があらわれた。黒いロング丈のスカートにベージュのカーディガン。歳は三十前後か。長い髪にふれながら近づいてきた。

「警察の方が、どのようなご用でしょう」

女が穏やかな口調で訊いた。

「ある事件で、塚原安志さんにお訊ねしたいことがあります」

中川が応じた。

岩屋の出番は塚原と対面してからである。

「先生はお休みです」

「あなたは」

「内弟子で、家事をお手伝いしております」

「お手数ですが、急を要することだとお伝えください」

女が眉をひそめた。化粧をしていない肌は綿のように白い。

「承知しました」

二、三分は待たされたか。女が戻ってきて、門扉を開けた。

応接室に案内された。

三十平米はありそうだ。左側にコーナーソファ、右に九十インチのテレビ。テレビの両脇にスピーカーが配してある。陽射しが床の半分をあかるくしていた。

中川とならんでソファに座り、岩屋は視線をふった。

幾つかの岩と低木。手前には芝が張ってある。簡素な庭だ。

足音がし、ドアが開いた。

塚原安志だ。顔はわかる。意外なほど小柄だった。

中川が立ちあがり、名刺を手にした。

岩屋は警察手帳をかざした。名刺はめったに使わない。

「群馬の刑事さんが……いったい、なに用かね」

不機嫌そうに言い、岩屋の左側のソファに腰をおろした。

「十二月四日、日曜の未明、館林市内で女性が殺害された事件をご存知ですか」

「それならテレビで見た」

塚原がソファにもたれる。

女が入ってきた。塚原の前に赤い液体のグラスを置く。岩屋らはお茶だった。

「ここはもういい」塚原が女に声をかける。「君は病院に行きなさい。わたしは昼からでかけるので夕飯の支度は要らない。消灯時間までむこうにいなさい」

「かしこまりました」

女が答え、頭をさげてから立ち去った。

岩屋は塚原に話しかけた。

「どなたか、入院されているのですか」

「家内だ。身体が弱くてね」

「どちらの病院に」

「新宿の……そんなこと、君らに関係ないだろう」

　怒ったように言い、グラスを手にした。

「申し訳ない」あっさり引きさがる。グラスを指さした。「それはなんですか」

「野菜ジュース。はちみつ入り。いつも寝起きに飲む」

「健康に気を遣われている」

「あたりまえだ。身ひとつの稼業だからね。はちみつは咽にいい」咽を鳴らし、グラスをトンと置く。「用件を聞こう」

　岩屋は身体をずらし、塚原を正面に捉えた。

「殺害されたのは東京在住の太田礼乃さん。ご存知ですね」

「ああ。多少の縁があった」

「縁の始まりを教えてください」

「いつのことだったか、ちっぽけな劇団の主に頼まれた。ちょい役でいいから使ってくれないかと。よくある話だ」

　塚原がソファにもたれたまま言った。

「その程度の縁ですか」

「ん」塚原が眉根を寄せる。「どういう意味かね」

「四年前の秋、あなたは名古屋の公演にでられた」

「友人に頼まれた、あれか。特別出演ということで参加した」

「あなたに声をかけられ、被害者も参加した。そのさい、あなたは名古屋市内のホテルの二部屋を取り、ひとつに被害者を泊まらせた。間違いないですね」

「さあ。憶えてないね」

「そのときに関係を持たれたのではありませんか」

「なにを言う」塚原が前かがみになる。「下衆の勘ぐりはやめろ」

「勘ぐりではない。それを示す証言もある。が、まあいいでしょう」岩屋は手帳を見て間を空けた。「それから一年ほど経ち、被害者は覚醒剤所持で現行犯逮捕され、覚醒剤所持および使用の罪で執行猶予付きの有罪判決を受けた。そのことは」

「知ってる。ばかなことをしたもんだ」

「逮捕当時もつき合われていたのですか」

「しつこいね、君は。答える気にもならんよ」

言って、またソファにもたれ、脚を組んだ。

「先に進みます。有罪判決が確定したあと、被害者は六本木のショーパブ『カモン』でダンサーとして働いた。それはご存知でしたか」

「知らん」

「変だな。あなたと親しい芸能記者の証言がある。その人は週刊誌に被害者の近況を記事にし、あなたに話したと。あなたは興味を示し……」

「もういい」塚原がさえぎった。顔が赤くなりかけている。「あの子を励ましてやろうと思った。一期一会。わたしは縁を大切にするからね。恩を仇で返されたとしても……それはともかく、記者に案内されて、あの店に行ったのは認める」

認めなくても事実だ。『カモン』の従業員の証言を得た。話を前に進める。

「被害者のダンスを観た。そのあとは」

塚原が顔をしかめた。が、思案顔は長く続かなかった。

「あの子の出番がおわって、食事に誘った」

記者の証言と合致する。記者によれば、近くの路上に塚原の車が待機しており、塚原は被害者の肩を抱くようにして車に乗せたという。

「食事だけですか」

「うるさい。うんざりだ」苦虫を嚙みつぶしたような顔になった。「成り行きというか、その場の雰囲気というか。男なら、わかるだろう」

「よりを戻した」

「そんなことは言ってない。あの子も大人だ。遊びと割り切っていたよ」

「本人がそう言ったのですか」

「揚げ足を取るな。普通の女の話だ」

岩屋は吹きだしそうになった。堪えて、質問を続ける。

「その日以降は」

「ひと月ほど経って電話をかけた。が、つながらなかった。カモンにも電話をしたが、辞めたとの返答だった。縁がなかったようだ」

岩屋は頷いた。

判決確定後の、二度目の引っ越しの意図がわかった気がした。ふたたび電話番号を変えたのもおなじ理由だろう。

「再会したのはいつです」

「はあ」

「ことし十一月十三日の日曜、あなたはどこでなにをされていましたか」

「憶えてない」

即答だった。想定内の質問だったか。余裕がなくなっているのは確かだ。

「思いだしていただけませんか」

「君は、ひと月前のことをくわしく憶えているのか」

「たのしいことや、いやなことは」

「わたしには感情に浸っているひまなどない」

「そうですか」そっけなく返した。「では、わたしのほうから話しましょう。その日の夜遅く、あなたは元麻布のマンションで被害者と会った。証拠も証言もある」

断言した。小栗の報告は鵜呑みにする。

「……」

塚原が口を結び、横をむいた。

「答えろ」怒声を発した。「これは殺人事案の事情聴取なんだ」

塚原が身を縮めた。組んだ脚が解けた。

――一発かませば、腰が引けますよ――

小栗の助言どおりだ。

「事務所のスタッフが運転する車で、どこに行った」

「元麻布の」うつむき、かすれ声で言う。「マンションに」

「誰の部屋だ」

「後援者の方の……空部屋なのでときどき使わせてもらっている」

「つぎに会ったのは」

塚原が顔をあげた。目がおびえている。すがるようなまなざしにも見える。

岩屋は首を左右にふった。うそも言い逃れも許さない。

「日にちは憶えてない。が、会ったのは認める」

「そうです」もの言いが変わった。「しかし、わたしは殺人とは無関係だ」

「それなら正直に話せ。あんたが誘ったんだな」

塚原が頷く。直後、目を見開いた。

「十一月はむこうからかけてきた。あの子のことは忘れていたのでびっくりした。会ってもらえないかと、仕事のことで相談があると……電話でそう言われた」

記憶をたどるように言った。

「それで、スケベ面してのこのこでかけたのか」

「………」

くちびるは動いたが、声にはならない。

「電話があったのは何日のことだ」

「会う二日前。定期公演を間近に控え、稽古中だった」

それも納得した。十一月十一日の夕方に、被害者が持っていたと思われる携帯電話に発信履歴がある。

「あんたは自分のケータイで受けたのか」

感情がざわついている。予想外の展開になってきた。

「そう」

「ケータイを見せなさい」

「それは……」

塚原が口をもぐもぐさせる。瞳がゆれだした。

「どうした」声を強めた。「捜査に協力しなければ、直ちに家宅捜索の手続きを取る。それでもいいのか」

覚醒剤事案を意識させた。

塚原が重そうに口をひらく。

「仕方ない。でも、あの子の分だけにしてほしい」

「いいだろう」

塚原が部屋を出た。一分と経たないうちにセカンドバッグを手に戻ってきた。携帯電話を操作したあとテーブルに置き、人差し指をさした。

着信履歴だ。

岩屋は背をまるめた。食い入るように画面を見る。

11／11　17：58。履歴番号のあとに数字がならんでいる。

記憶の番号と照合する。

――先月の第二日曜です。正午に、渋谷のハチ公前で待ち合わせていました――

『ゴールドウェブ』の佐伯弥生がそう証言したあと、携帯電話の着信履歴を見せてもらった。謎のケータイのひとつである。

記憶の番号とかさなった。

はっとし、岩屋はテーブルの携帯電話を手に取った。

「あっ」塚原が声をあげた。「ほかは見ないと……」

言いおわる前に、携帯電話をテーブルに戻した。

二つ目の謎のケータイの使用者が判明した。目の前にいる。残るひとつは誰が所持しているのか。ひろがりかける推測に蓋をした。

「ケータイはこれひとつか」

「仕事用にもうひとつある。ほかにスマホも」

「その二つの電話番号は」

岩屋はペンを持った。

塚原が数字を口にする。どちらも正規に取得したようだ。記憶の番号とは異なる。

「最後の質問だ。十二月三日の夜はどこにいた」

「アリバイか」もの言いに余裕が戻った。理由は想像がつく。覚醒剤のほうは逃げ切れると思ったのだ。「定期公演の真っ只中（ただなか）だからね。後援者の方と飲んでいたか、若手をしごいていたか。そのどっちかだ」

「あ、そう。では、きょうのところはこれで」

中川をうながし、立ちあがった。テーブルの携帯電話を指さした。

「その電話、女専用か」

塚原がまばたきをくり返した。

何分待っても、返答は聞けなかっただろう。


そとに出た。駅にむかって歩く。中川に声をかけた。

「病院に行こう」

「えっ」

「内弟子から事情を聞きたい」

「しかし、どこの病院か……」

「調べればわかる」強い声でさえぎった。「新宿区内で入院設備のある病院。二人で電話をかけまくれば、そう時間はかからない」

中川が足を止めた。

「塚原が犯人だと。岩屋さんはそう思っているのですか」

中川はそう思っていないと感じるもの言いだった。

「万に一つの可能性があれば、わたしはそれを捨てられない」

「わかりました」

中川がバッグからタブレットを取りだした。

岩屋は周囲を見渡した。前方にバスの停留所がある。ベンチに人はいなかった。

「あそこで、やろう」

岩屋は大股(おおまた)で歩きだした。携帯電話にふれ、耳にあてる。

《はい、小栗》

「事情聴取がおわった。ここまでは推測どおりだよ。塚原の証言のウラが取れ次第、任意同行を……いや、被疑者として聴取する」

《難敵ですよ。塚原のようには行かない》

「大丈夫。あなたがついている」

こぼれそうになる笑いを堪え、通話を切った。

「被疑者って」

中川が遠慮ぎみに訊いた。

「直にわかる」

「誰と話したのですか」

「うちの署に、塚原を的にかけている男がいてね」

「なんの容疑ですか」

「覚醒剤さ」

「えっ」

中川がのけ反った。

「あなたは相棒だ。だから、話した。ただし、群馬の本部には伏せてくれ。覚醒剤事案には麻薬取締官が絡んでいる。あそこともめるのはやっかいだ。むこうから横やりが入ればこっちの捜査に支障をきたす。わかるだろう」

岩屋は目でも釘（くぎ）を刺した。

★

★

ひと息つく間もなく、上司の近藤が飛び込んできた。

二度目の事情聴取をおえたところだ。午後三時を過ぎた。こんどは筆記係の警察官も同席した。被疑者扱いだ。簡易検査で柏木愛実の尿から覚醒剤の成分が検出された。

椅子に座るなり、近藤が供述調書を読みだした。

小栗は、缶コーヒーを片手に煙草をふかした。

「でかした」声を発し、近藤が顔をあげる。「これで逮捕状を取れる」

「光山が怒鳴り込んできますよ」

小栗は茶化した。

「飛んで火にいる夏の虫……と言いたいところだが、招かれざる客になった」

「ほう」顎があがる。「決定ですか」

「ああ。刑事課が応接室を確保した」

「うちで事情聴取を。よく群馬県警が折れましたね」

「リスクを回避したのさ」近藤がにやりとし、デスクの煙草に手を伸ばす。美味そうにふかした。「名目は事情聴取だからな。ウラを取るのに手間取っているようだ。聴取が空振りにおわった場合の面倒が頭にちらついた。それに、捜査本部のある館林署にはマスコミが屯している。動きを悟られたくないのもあるだろう」

立て板に水だ。上気しているのがありありとわかる。

――捜査本部は、容疑者として、光山洋の身辺捜査を開始した――

岩屋からそう連絡があったのは正午前だった。手応えをつかめれば、きょうにも光山に任意同行を求めるとも言い添えた。

続報は受けていない。電話のあと、取調室にこもっていた。

近藤が天井にむかって紫煙を吐き、顔をむけた。

「捜査本部が慎重になるのもむりはない。うちの一係の係長も不安そうだった。岩屋の話は説得力があるけど、状況証拠ばかりだと。それでもうちの刑事課が捜査本部に光山の事情聴取を打診したのは、岩屋のひと言が決め手になった」

「なにを言ったのですか」

「あいつ、おまえに似ている」近藤が目を細めた。「おとす自信がある。首を賭けるとまで言い切ったそうだ」

小栗は首をすくめた。

「で、どうなんだ。光山は真犯人か」

「さあ」

「なんだ、その言種は」近藤が唾を飛ばした。「この期に及んで、責任回避か。警察官を辞めると言ったのはどこのどいつだ」

「係長」顔を近づける。「まさか、そのことを一係に……」

「言ったさ。小栗と岩屋は一蓮托生だと。むこうの係長を勇気づけてやった」

小栗は椅子にもたれた。あきれてものが言えない。

「自信がないのか」

近藤の眉が八の字を描いた。早くも不安がよぎったか。

「そんなもの、いつだってない。が、確信はある。岩屋さんもやれるでしょう。あとは捜査本部の腕次第。公判を維持できる物証を集められるか」

「確信の根拠を言え」

「すべての元はこれです」供述調書に人差し指を立てた。「覚醒剤中毒の塚原が太田礼乃の人生を狂わせた。それどころか、死に追いやった。悲劇の舞台は元麻布のマンション。悲劇の第一章は礼乃が有罪判決を受けたことで幕を下ろした」

小栗はおおきく息をついた。

警察の取調室で、あるいは裁判所で、礼乃が塚原との関係を供述していれば、幕は下りたままになっていただろう。

それを思えば歯がゆい。感情を堪え、話を続ける。

「第二章は十一月十一日に幕が上がった。光山に囮捜査を強要された礼乃は、顔も見たくない塚原に電話をかけた。二日後、礼乃と塚原は元麻布のマンションで会った。そして、今月の一日の未明、ふたたび二人はマンションで待ち合わせた。俺が確信する理由は、このときのことがあるからです」

「どういうことだ」

近藤が凄むように訊いた。小栗が話しだしてから、ずっと腕を組んでいる。

「十一月三十日のことは憶えていますか」

「もちろん。被害者がカモンのマネージャーに電話をかけた日だ」

「いやなやつに絡まれている……礼乃は電話でそう言った」

「それは初耳だぞ」

「そうですか」

小栗はとぼけた。石井に聞いた話だ。石井と『カモン』の平野祐希からの情報は選別して近藤に教えた。石井と城之内を蚊帳のそとに置きたかった。

「東京を離れたいとも言ったそうです」

近藤が腕組みを解き、首を左右に傾ける。思案顔を見せたあと、口をひらいた。

「劇団の女にも、いやなやつと言ったんだよな」

「ええ。いやなやつ、いやなこと。いやなやつは光山でしょう」

「いやなことは、囮にされたことか」

「そう思います。で、話を十一月三十日に戻します。岩屋さんによれば、その日、礼乃が持っていたと思われる謎のケータイに着信と発信の履歴が残っていた。その間に、礼乃は自分のケータイでカモンのマネージャーに電話をかけた」

近藤が目を見張った。そのあと、背中がまるくなるほど息をついた。

「着信が光山、発信は塚原か」

「逆です」

「光山が指示し、被害者は仕方なく塚原に電話した……違うのか」

「ええ。まず塚原が礼乃に電話をかけた。それは岩屋さんが本人から確認した。悩んだ礼乃はカモンのマネージャーに助けを求めようとしたが、会えなかった。それで、仕方なく光山に連絡し、塚原から連絡があったと伝えた。会話の中身は推測ですが」

近藤が椅子にもたれ、また腕を組んだ。眉間に深い皺ができた。

灰皿の煙草がくすぶっている。

小栗はそれをねじり消してから話しかけた。

「確信する理由はもうひとつある」

「聞こう。もう何を聞かされてもおどろかん」

近藤の眉間の皺が消えた。

「その日、出動要請があったにもかかわらず、短時間で……女がマンションに入った直後に任務を解かれた。翌日にかけてきた電話で、きのうの女は柏木愛実だと……俺が訊きもしないのに、光山は言った」

「麻薬取締官の見間違いではないのだな」

近藤が念を押すように言った。

「翌朝、マンションから出てきた女はサングラスをかけていなかった。防犯カメラに礼乃の顔がはっきり映っている。光山の部下の久保は視認したはずです」

「うーん」近藤が唸った。「どうしておまえらは任務を解かれたと思う」

「考えられるのは二つ。ひとつは、俺に女の顔を見られたくなかった。その場合、サングラスをかけて行くよう、光山に指示された可能性が高い。光山がよこした資料には太田礼乃の名前も顔写真もなかった。礼乃を囮捜査に使ったからだと思われる。が、これだけでは説得力に欠ける。で、二つ目。あの夜、光山はマンションに踏み込む予定だった。それなら、俺とフクが追い返されたのも、翌日の電話も納得できる」

「おまえは単なる目撃者に仕立てられたわけか」

「おそらく。翌日の電話でわざわざ柏木愛実の名前を言ったのはつぎの機会を視野に入れてのことでしょう」

「光山は囮捜査をおまえに気づかれたくなかった」

　言って、近藤が首をかしげた。

「どうしました」

「おまえの推論にけちをつけるつもりはないが、腑におちんことがある」

「なんです」

「ただの目撃者に仕立てるために、おまえに協力を求めるか」

　小栗はにやりとした。

　その疑念は絶えず頭の片隅にあった。いまはひとつの結論に達している。

「俺を監視下に置きたかった」

「なぜだ」

「光山が協力を要請したのは先月の二十一日でしたね」近藤が頷くのを見て続ける。「その四日前、俺は光山に顔を見られた」

「どこで、何をしていた」

近藤が早口で訊いた。

小栗は、クラブ『Gスポット』での出来事をかいつまんで話した。城之内六三の名前は伏せ、六本木をうろつく半グレにすり替えた。

「そんなことがあったのか」近藤が息をつく。「おまえが捜査の邪魔になるかもしれない
……光山はそう考えたわけか」

「ほかは思いつかない。GスポットのVIPルームでの出来事をいい加減に話したので、光山の猜疑心がふくらんだ。そう考えれば、光山の不可解な行動も説明がつく」

「……………」

あとの言葉を待つかのように、近藤が無言で煙草をくわえた。

「俺が愛実の店に行っただけで、やつは俺の家に押しかけて来た。俺の動きが気になった証です。なのに、愛実のマンションに張りついたときは文句の電話すらなかった」

「そうか」近藤が声をはずませた。「GPS端末だな。あれはおまえの行動を監視するために取り付けた」

小栗はこくりと頷いた。

――なんでもやる。使える者は誰でも使う――

小栗の部屋で、光山はそう言い切った。塚原への執念がにじみでていた。

――使える者は誰でも使う――

囮捜査を思いついたのはあのひと言が記憶に残ったからだ。

近藤が口をひらく。

「もうひとつ、聞かせろ。光山はどうして、一日にガサを入れなかった」

「段取りが狂った」

近藤が目をぱちくりさせた。

「囮の被害者が……」

小栗は手のひらであとの言葉を制した。

「推測の上塗りです。事実は光山が知っている」

「おとせ。なんとしても、光山に口を割らせろ」

「俺のやることでは……」

「おまえがやるんだ」近藤が語気を強めてさえぎった。「岩屋はおまえを事情聴取に立ち会わせるよう上司に談判した。で、俺もそうするよう勧めた」

「ほかにやることがあります」

「心配いらん」近藤が小鼻をふくらませる。「これから逮捕状を請求し、俺が柏木愛実を訊問してやる。おまえは心置きなく、光山と勝負しろ」

小栗は首をひねった。なにかおかしい。はっとした。

「ばれたか」近藤がニッと笑う。「そうよ。おまえが光山をおとせば、覚醒剤事案は俺の手柄になる。柏木愛実から塚原、島田ら密売グループも一網打尽にしてやる」

小栗は目をつむった。先日の仕返しをされた気分だ。

「光山の聴取は午後七時からだ。その前に腹ごしらえをしよう」

近藤の声はやけに元気がよかった。

まあ、いいか。

小栗は胸でつぶやいた。こういう展開には慣れている。

ノックのあとドアが開き、女性警察官が姿勢を正した。

「厚生労働省の光山取締官がお見えになりました」

声が堅い。粗相がないよう、上官に言いふくめられたか。

女性警察官が体を開き、麻薬取締官の光山洋が入ってきた。

ブルーグレーのギンガムチェックのジャケットにダークグレーのズボン。カッタウェイのシャツにブラウンのネクタイを締めている。

岩屋と中川が立ちあがる。岩屋が一歩前に出た。

「初めまして」名刺を差しだす。「麻布署捜査一係の岩屋です」

中川が倣い、名刺を手にする。

光山は無言で二人の名刺を受け取った。さも当然のような顔をして、壁を背にしたソファの中央に腰をおろした。六人が座れる。

岩屋が光山の正面に、中川は岩屋の右に座る。

小栗は、窓に近い片隅に置いたパイプ椅子に腰かけている。脚を組み、腕も組んで、映画を観るような目で三人の表情を窺った。

群馬県警は中川ひとりである。意外だった。事情聴取に立ち会わなくても、捜査本部の幹部が上京し、麻布署内で待機すると思った。成果を期待していないのか。それなら、事情聴取が裏目にでれば責任を麻布署に押しつける。

おなじことは麻布署の幹部連中にもあてはまる。普通であれば、事情聴取の前に幹部が挨拶をする。それが霞が関の役人に出頭を求めたことへの礼儀だ。筋目をはずしたのは、光山が殺人犯と確信しているからではなく、責任所在の四文字が頭にあるからだ。

岩屋の胸中に興味がある。周囲の者の思惑が闘争心に火をつけるか。

女性警察官が入ってきて、光山の前に茶碗を置いた。

ドアが閉まるや、光山が口をひらく。

「これは、どういうことかね」

口ぶりには余裕がある。表情も小栗の記憶にある光山と変わらない。

「事情聴取です。その旨、あなたの部署に伝えました」

「そんなことはわかっている。上司の指示で来たのだ。捜査に協力するのは務めだと言われた。なぜ麻布署なのかと訊いている」

「群馬の館林までご足労を願うのは恐縮です。それで、あなたの上司に相談したところ、麻布署に行かせると」岩屋がひと呼吸おく。「失礼ながら、あなたは上司から好感を持たれていないようですね」

光山の眼光が増した。が、それは一瞬だった。

「部署内でのわたしの評判は最悪だろう。だが、気にしない」

「仕事のできない者のやっかみというわけですか」

「くだらない質問をする君も高が知れている」

「おっしゃるとおり」岩屋が笑みをうかべた。「うだつのあがらぬ刑事です」

小栗は吹きだしそうになった。相手の感情にふれることをさらりと言ってのける。そうやって、岩屋は主導権を握るのだ。

光山もしたたかだ。岩屋の挑発には乗らなかった。

小栗は脚を組み替えた。わくわくしてきた。

「では、訊問を始めます」

岩屋が言った。しっかりとした口調だった。

中川が右膝にノートを載せ、ボールペンを持った。

筆記係に徹するのか。それなら岩屋を信頼していることになる。捜査本部の一員の中川が補佐役の岩屋を前に立てたのだ。

「十二月三日の深夜、群馬県館林市で殺害された太田礼乃さん、ご存知ですね」

「知らない」

「間違いないですか」

「くどい」

「わかりました。回り道はやめます。犯行当日の行動を聞かせてください」

「被疑者扱いか」

「アリバイについては関係者の誰にでも訊く。あなたもそうでしょう」

「わたしは、被害者と縁もゆかりもない」

「それならご協力を願って、さっさと済ませましょう」

「そのあと、辞表を提出するのか」

「あいにく、書き方を知りません」

光山の眉がはねた。初めて見せる感情の露出だった。

「十二月三日の土曜日。午後六時過ぎ、あなたは自分の車で自宅を出られた。そのことは複数の証言がある。目的と行く先を教えてください」

岩屋が雪崩を打つように言った。

小栗は胸で唸った。

岩屋はいきなり核心にふれた。この場から逃がさない。強い意思表示だ。任意出頭による事情聴取であることを意識した。光山は証言を拒むことも、退席することもできる。それを許さないための、時刻を限定しての質問である。複数の証言とも言った。この質問を拒否すれば逮捕状を請求する。暗にそう告げたのだ。

「記憶にない」

「では、話している間に思いだしていただく。車でよくでかけられるのですか」

「休みの日に。仕事に自分の車は使わない」

「車で、どちらに。三日にかぎったことではないですよ」

「ショッピングか、競艇場か。たまに、ゴルフ場にも」

「趣味は競艇とゴルフですか」

「ゴルフはつき合いだ」

「最後に行かれたのは」

「九月か、十月だったか」

「では、ショッピングか競艇ですね」

「ん」

光山が眉をひそめた。

「ナイターゴルフ場もあると聞くが、時間的にむりでしょう。競艇場は開催日を……」

「その必要はない」光山がさえぎった。「正直に話そう。じつは、捜査上のあることが気になって、でかけた」

「どちらへ」

「答えられない。職務に関することだ」

「自宅に戻られたのは何時ですか」

「その質問も拒否する」

光山の身体がゆれた。退室がちらついているのか。

岩屋が前かがみになる。

「いいですか。自分も職務で訊ねている。それも、殺人事案です。捜査に協力しない、アリバイを証明しないと言われるのなら致し方ない。家宅捜索の手続きを踏む」

「ばかを言うな」光山が声を荒らげた。「そんな暴挙が許されると思っているのか。容疑は何だ。わたしは、被害者と面識がないと言っている」

「被害者の名前も知らなかった」

「もちろん」

言って、光山がソファに背を預けた。

退室は得策でないと腹を据えたのか。岩屋との距離を空けたかったのか。

小栗には、光山がじわじわ追い詰められているように見える。

中川が動いた。かたわらのタブレットを手にし、視線をおとした。

それを岩屋がちらっと見て、口をひらいた。

「あなたの車の、車種と年式、色とナンバーを言ってください」

光山が口元をゆがめる。自動車ナンバー自動読取装置、通称Nシステムの解析は想定外だったのか。が、すぐに表情を戻した。

「もう調べてあるのだろう」

「ええ。現在のところ、都内五か所であなたの車を確認した。午後六時から七時の間と、翌四日の午前四時から五時の間に。帰宅したのは四日の午前五時前後ですね」

「そうだったかもしれん」

「深夜の館林市内で同一車種が確認されている」

「わたしの車だと断言できるのか」

「いいえ。車両ナンバーが異なる。Nシステムの映像が鮮明になったとはいえ、キャップを被り、サングラスをかけた運転者の顔は識別できない。で、質問を変えます」岩屋が手帳を見た。「十一月三十日、深夜のことです」

岩屋が横をむく。

目が合った。

「小栗さん、その日の深夜の、あなたの行動を話してください」

小栗は腰をあげ、岩屋の左どなりに移った。

「やめろ」光山が声高に言った。「君には守秘義務がある」

「まだ喋ってない」つっけんどんに返した。「守秘義務は護る。俺はまともな警察官だからな。当然、どんな捜査にも協力する」

「なにを言う」

光山が眦をつりあげた。

小栗は無視し、岩屋を見た。

「事実のみを話します」

「承知です」

小栗は視線を戻した。光山を見ながら話す。そう決めた。

「日付が替わるころだった。光山取締官が電話をよこした。出動要請でした」光山が担当する麻薬事案の捜査に協力していたことを簡潔に話した。中川を意識してのことだ。「午前一時を過ぎたときだった。ひとりの女が元麻布のマンションに入った。のちにわかったことだが、その女の名前は太田礼乃です」

「そのあと、あなたは」

岩屋が訊いた。

「光山取締官の部下が来て、見張りの交替を告げられた」

「部下の名前は」

「麻薬取締官の久保」

頷き、岩屋が光山を見つめる。

「あなたは、監視対象者の顔も名前も知らなかった」

「知らん」言い捨て、光山が視線をずらした。「小栗、いいかげんなことを言うな。その女が太田礼乃だと、なぜわかった」

「その質問は」岩屋が口をはさんだ。「必要ない」

「なにっ」

光山の声が裏返った。

「あなたの部下の、久保利也さんが証言した」

「うそだ」

岩屋がゆっくりと首をふる。

「必要なら法廷でも証言するそうです」

「……………」

光山の瞳がゆれた。顔から血の気が引くのがわかる。

「久保さんは被害者の死をとても気にしていた。あんた、被害者を麻薬事案の囮捜査に利用していたそうだな」

　岩屋のもの言いが変わった。

「そんなことまで……だが、それと殺人事件は無関係だ」

　光山の声には力がなかった。

「悪あがきはよせ。久保さんはあんたを疑っていた。犯行当日の夜、久保さんは捜査のことであんたに電話をかけた。が、何度かけてもつながらなかったそうだ。翌日にその話をしたら、はぐらかされたとも聞いた」

「捜査にかかわることで動いたと言ったはずだ」

「事件がおきる三日前、つまり十一月三十日の深夜に、元麻布で何がおきた」

「……………」

　光山がそっぽをむく。

「往生際が悪いぜ」

　小栗のひと言に、光山が目をむいた。

「ガサを入れる予定だった」言って、小栗は岩屋を見た。「そうですね」

「ああ。久保さんはそう証言した。そのための手配をしたうえで、被害者を元麻布のマンションにむかわせたと」

　小栗は光山を見据えた。

「どうして、礼乃を囮にした」

「確証がほしかった」消え入るような声で言う。「わかるだろう」

覚醒剤事案の捜査は監視対象者が覚醒剤を所持しているかどうかが最大にして唯一ともいえる決め手になる。内偵に時間を要するのも、GPS捜査や盗聴、法的に認められていない囮捜査まで駆使するのもそのためである。

小栗は湧きあがる感情を堪えた。

「どうやって、礼乃を威した」

「再捜査に踏み切るさい、過去の捜査資料を読み直した。それで、あの子が……最初の内偵捜査を断念する二、三か月前だった。塚原は六本木にでかけ、ショーパブで踊っていたあの子を連れだし、自分の車に乗せた。四年前、あの子は名古屋でも塚原と一緒だった。が、警察の取調室でも法廷でも、あの子は塚原のことを喋らなかった」

「執行猶予期間中のことだから、それをネタに威したわけか」

「ああ。なんでもやる。こんどはなんとしても捕まえたかった」

光山が肩をおとした。

「寝るのは早い。顔をあげろ」跨（また）いだテーブルに腰をおろす。光山を見下ろした。「どうして、礼乃を殺（ヤ）った」

「わたしを……裏切った」

光山がうつむいたまま答えた。

拳が固まる。それも我慢した。岩屋と中川の事情聴取のさなかである。

「十一月三十日のことか」

「そうだ。塚原が覚醒剤を所持しているのを確認したら、ケータイで合図を送る段取りだった。それなのに……」

小栗はふりむいた。岩屋が頷くのを見て、視線を戻した。

「それだけか」

声を凄ませた。そんなことで殺人を犯すわけがない。

「もう一度、チャンスをやると言ったんだ」光山が顔をあげた。「が、あの子は拒んで、警察にすべてを話すと。わたしは、話し合うために電話をかけた。わたしが渡したケータイにも、あの子のケータイにもつながらなかった」

小栗はかっと目を見開いた。思いついたことが声になる。

「渡したケータイにGPS装置を仕込んだ。で、群馬の実家にいるのがわかった」

光山がちいさく頷いた。

「殺す気はなかった。ほんとうだ。あの子を説得するために……」

「てめえ」

右の拳が伸びた。

鈍い音がし、光山がうめく。鼻から血が垂れた。

二発目は岩屋に阻まれた。二の腕を両手でつかまれた。

岩屋がしきりに首をふる。懇願する顔にも見えた。

小栗は力をぬいた。身体が縮むのがわかった。

「光山洋、太田礼乃殺害の容疑で逮捕する」

中川が声を発した。すでに立ちあがっている。光山に手錠をかけた。

「岩屋さん、小栗さん、ありがとうございます」

中川が腰を折った。

となりで、光山がうなだれた。肩がふるえている。

「車を手配しよう」

岩屋が言った。

「お気遣いなく。仲間が車で待っています」

「ここに来ているのか」

「はい。きのうからウラ取りに駆けまわっていた連中です。これで皆が報われました」

もう一度頭をさげ、光山をうながした。二人の足音が違った。

ドアが閉まったあと、小栗は周囲を見た。

「これか」

ひと声放ち、岩屋が手を差しだした。手のひらに携帯灰皿がある。

二人して煙草をくわえた。岩屋がライターの火をかざした。

「ひやひやものだったよ」

「そんなふうには見えませんでした」

岩屋が手のひらをふる。

「役所に乗り込み、麻薬取締官の久保さんに面会したときは背筋が寒くなった。上官に背いてまで、捜査に協力してくれる保証はなかったからね。同行したあなたの後輩が緊張をほぐしてくれた」

「福西が」

きょとんとした。知らないことだ。

「そう。福西と久保さんは親しそうだった」

「ふーん」

声になったかどうかわからない。

「すべて、あなたのおかげだ」岩屋がたのしそうに煙草をふかした。「他人の推測にこの首を賭けるなんて……わたしもまだ若い」

「俺は後悔していた」

「ん」

「男と一蓮托生は、趣味じゃない」

小栗は何食わぬ顔で言い、天井にむかって紫煙を吐いた。

岩屋の笑い声が部屋に響いた。

★　　★

地下鉄を降りて、六本木交差点に立った。

「お疲れさま」岩屋が言う。「おちついたら一杯やろう。花摘で」

「これからでもいいですよ」

小栗は気さくに返した。

群馬県警の館林署から戻ってきたところだ。まもなく午後九時になる。

「やり残したことがあると酒が美味くない」

「ほんとうに署に戻るのですか」

「ああ。近いうちに連絡するよ」

言って、岩屋が麻布署のほうへ歩きだした。

小栗は信号を渡って右折する。街はにぎわっていた。三日後はクリスマスイブだ。

雑居ビルの五階にあがり、バー『花摘』の扉を開ける。

「お帰り、オグちゃん」

カウンターから詩織の声がした。

頷き、小栗はコートを脱いだ。

常勤の奈津子が受け取り、クローゼットを開ける。

小栗は声をかけた。

「きょうはひとりか」

「そうなの」詩織が答えた。「明日香が来る予定だったけど、風邪をひいたみたい」

「で、こいつがしょげてるわけか」

福西の肩をぽんと叩き、小栗はいつもの席に座った。

詩織がおしぼりを差しだした。

「稼ぎ時なのに」

小栗は小声で言った。奥のベンチシートに三人の客がいるだけだ。

「なんとかなるさ」

詩織が鼻歌のように言った。

笑顔の詩織を見るのはひさしぶりのような気がする。頬杖をつき、煙草をくわえた。

詩織がラフロイグでオンザロックをつくる。

福西が顔をむけた。

「どうでした。館林署の様子は」

「すっかり観念したようだ。あとは物証だな」煙草をふかす。「礼乃の所持品と、礼乃との連絡用に使っていた自分のケータイは東京に帰る途中の川に……盗品のナンバープレートもそのとき付け替え、一緒に投げ捨てたと供述した」

「見つかるといいですね」

「見つからなくても起訴に持ち込むそうだ。捜査本部の幹部の鼻息は荒かった」

小栗はグラスを手にした。

「食事は」詩織が言う。「おでん、つくったよ」

「いいね」

言って、福西を睨んだ。

「おまえを見損なった」

「ええっ」福西がおおげさにのけ反る。「急に、なんですか」

「おまえに裏切られるとは思わなかった」

福西が目をまるくした。が、すぐに表情がほころんだ。

「人聞きの悪いことを……岩屋さんに頼まれたのです。係長を通して」

小栗は顔をしかめた。

福西が言葉をたした。

「オグさんは取調室だから、あとで伝えておくと」

「べらべら喋るな」グラスをあおった。「あの、くそ親父」

詩織が寄ってきた。器を置き、箸を割る。

「はい、どうぞ」

湯気が立っている。ゆずの香りがする。

和辛子は付けずに鶏つくねをつまんだ。生姜（しょうが）が効いていた。出汁（だし）を口にふくむ。

詩織が覗き込むように見た。

小栗は頷き、灰皿の煙草を消した。

福西の顔がにやけた。

「一緒に住めばいつでも食べられるのに」

「うるさい」

怒鳴りつけ、箸を動かす。大根と厚揚げ、糸こんにゃくと竹輪も食べた。

「お替わりは」

詩織の問いに首をふり、あたらしい煙草を喫いつける。

「ほかに方法はなかったのかな」

福西がぼそっと言った。

「ん」

「囮捜査でなくても」

「捜査資料を読み直して礼乃に飛びついた。そうなるとほかには目がむかん。やつは四年前に塚原を取り逃がしている。執念とか一途とか、聞こえがいいが、根っこは人の欲。己の身勝手が他人を不幸に陥れる。よくあることだ」

「そうだとしても、柏木愛実を標的にすれば、島田も……」

「あまい」一喝した。「やくざの女なんだ。島田から、警察に目をつけられたさいの対応の仕方は叩き込まれている。たとえ現行犯逮捕されても簡単には口を割らん」

「オグさんは、どうやって愛実をおとしたのですか」

「腕が違う」

うそぶき、煙草をふかした。

別件でなければむずかしかった。城之内と祐希にとっては不運だったが、西麻布の傷害事件がなければ、いまも光山の手伝いをさせられていたと思う。

「ねえ」詩織が声を発した。「もうひとりの人でなしは、どうするの」

塚原のことは小栗が話した。詩織も被害者のひとりである。

「あの男はこの手で」

福西が右手で拳をつくった。

むずかしいだろう。

言いかけて、やめた。人のやる気に冷水をかけることもない。

罪を犯しても法の裁きを受けない連中はごまんといる。礼乃が殺され、愛実が逮捕されたのだから、塚原は防御を固めるだろう。覚醒剤事案の鍵を握る愛実は、自分が覚醒剤を使用したことは認めたけれど、塚原の使用に関しては否定している。覚醒剤の入手についても六本木の路上で名前も知らない男から買っていたと供述した。

だが、いずれ塚原は警察の世話になる。四年前も逮捕をまぬかれたのに覚醒剤をやめられなかった。それどころか、恩人ともいえる礼乃に接触した。二度あることは三度ある。それに、島田が上客の塚原をほうっておくとは思えない。それがわかっているから愛実は塚原の覚醒剤使用を謳わないのだ。島田に惚れているのか。島田をおそれているのか。どっちにせよ、覚醒剤使用の罪状だけなら量刑は軽くなる。

福西と詩織が小声で話している。

小栗はポケットをさぐった。携帯電話がふるえている。その場で耳にあてた。

《お世話になりました》

平野祐希の声に余裕を感じた。

《きょう、ニュースで知りました》

捜査本部はきのうの夜、光山逮捕を報道陣に公表した。小栗は、あしたにでも『カモン』を訪ねて祐希に報告しようと思っていた。

「どこにいる。店か」

《いいえ。草津です》

「ほう」

おどろいた。クリスマスウィークである。

《風邪をひいたと、お店にうそをついて》

「そのまま風邪をこじらせろ」

《それもいいですね》

「やつは元気か」

《はい。いまお風呂に》

「おぼれたら教えてくれ。またな」

通話を切った。グラスを傾ける。酒も煙草も美味くなった。

じっと見つめていた詩織が口をひらく。

「石井さんには報告したの」

「ああ。電話で。あすにでも会うつもりだ」

「ほっとしているでしょうね」

詩織が息をついた。肩がさがった。

また携帯電話がふるえた。岩屋からだ。時計を見る。十時を過ぎていた。

「花摘に来ますか」

《塚原が撃たれた》

「……」

目がふさがった。倒れそうになる。頭をふった。

《現場にむかっている》

「どこです」

《六本木のクラブ、Gスポット。店の者から通報があった》

岩屋の息が荒い。走っているのか。駆ければ、麻布署から現場まで五分で着く。

小栗はジャケットの襟をつかんだ。心臓が破裂しそうだ。

「犯人は」

かろうじて声になった。

《現場にいるそうだ》

「俺も、むかいます」

通話を切り、立ちあがる。足元がふらついた。

「どうしたの」

詩織の声は無視した。

「フク、行くぞ」

小栗は扉にむかって突進した。

エレベーターは一階に停まっていた。

小栗は階段を駆けおりた。歩道を走る。何人かとぶつかった。さすがに信号は無視できない。車が数珠つなぎで行き交っている。

福西が追いついた。

渡されたコートは着なかった。

「なにがあったのです」

福西も息があがっている。

「人でなしが撃たれた」

「えっ」

信号が変わった。また走る。クラブ『Gスポット』は目の前だ。それでも、ジェットエンジンを着けたい心境だった。

クラブ『Gスポット』に音はなかった。

「小栗さん」

声を発し、店長が駆け寄ってくる。目の玉が飛びだしそうだ。

「どこだ」

「あの部屋です」

小栗は店長の肩を払った。

フロアは薄暗い。手前のソファに人が群れている。逃げそびれたか。野次馬か。ベスト姿の従業員もいる。五、六人の制服警察官が彼らに声をかけていた。

それを横目に、奥のＶＩＰルームにむかう。

部屋の周辺にも制服警察官がいた。黄色のテープは張られていなかった。

息をのみ、ドアを開けた。

いきなり視線が合った。

石井はソファに浅く座り、両肘を太股にのせていた。手首に光るものがある。石井のとなりにひとり、おおいかぶさるように二人の男がいる。麻布署捜査一係の連中だ。

石井が気づかないかのように視線をそらした。

小栗は黙って見つめた。言葉は失くしている。

腕を取られた。

いつのまにか、岩屋がそばに来ていた。

部屋を出た。

「石井と親しかったんだろう」

岩屋が訊いた。静かなもの言いだった。

「知っていたのですか」

岩屋が首をふる。

「わたしが名刺を渡したとき、石井は笑ったように見えた。花摘のこともある」

「状況は」

「わたしも着いたばかりだ。石井は、部屋に入るなり、銃をむけたそうだ。塚原の知人が二人、若い女が二人、部屋にいた」

「石井は逃げなかった」

「ああ。撃ったあと、警察を呼べと言ったそうだ」

「訊問は始まっているのですか」

「身元の確認くらいだろう。本庁の連中が来てからだな」

凶悪事件が発生した直後の現場を仕切るのは警視庁刑事部捜査一課の連中である。課長もしくは管理官の指揮の下、初動捜査に入る。警察官は闇雲には動かない。

岩屋が続ける。

「話をつけてやろうか」

小栗は頷いた。残された時間はわずかだろう。

「ここで待て」

岩屋が部屋に戻った。

靴音が響いた。鑑識課の連中が列をなし、無表情でＶＩＰルームに入る。

入れ替わりに、岩屋が出てきた。

「せいぜい二、三分だ」

言って、岩屋は石井を近くのソファに座らせた。数歩引いて、立ち止まる。

小栗は、石井の正面に腰をおろした。

「どうして」

声がかすれた。

「おまえにはむりだ」

石井が低い声で言った。

小栗は言葉を返せなかった。

――犯人を殺るのか――

先日の石井のひと言は地獄から聞こえてきたように感じた。

――くされ外道が――

その二言が胸にひっかかっていた。

小栗はくちびるを嚙んだ。どうして石井の本音を聞きだそうとしなかったのか。

「俺を止めるのも」石井が言う。「むりだった」

「いつ……俺が喋ったからか」

「太田が殺されたと知ったときだ。太田の仇を討つ。ほかの選択肢は捨てた」

「なぜだ」

「女ひとり、護ってやれなかった。俺は、数え切れんほどのへまをやらかしても生きているのに、人に救われた命なのに、太田の命を護れなかった」

石井の一言ひと言が胸に突き刺さった。自分も石井を護れなかった。

「塚原を尾行していたのか」

「おまえから情報をもらったあと、探偵に依頼した」

小栗は眉をひそめた。

石井の意志をつぶす機会はあった。元麻布のマンションから出てきたところで、柏木愛実と一緒に塚原も連行すればよかったのだ。

「おまえには感謝している。おまえに訊いた話は、忘れた」

「どうでもいい」

投げやりに返した。

石井が目を伏せた。

「さっき、撃つのをためらった」

「ん」

「やつは人じゃない。太田の人生をめちゃくちゃにして、ばかな麻薬取締官のおかげで罪をまぬかれようとしていたのに、のこのこ女を漁りに来た。両腕で女らを抱きかかえているやつを見て、反吐（へど）がでそうになった。こんなやつを殺っても……が、思い留まった。俺は、自分が負った疵に堪える心を持ってない」

「……」

聞いているうち背がまるくなった。

靴音がおおきくなる。

小栗はふりむいた。

岩屋が動く。三人の男の前に立ちふさがった。

「いましばらく待ってください」

「理由を言え」真ん中の男が言った。上着の襟に〈S1S〉。警視庁捜査一課の者だけがつける徽章（きしょう）だ。「誰だ、あの男は」

「うちの小栗です」

「どけ。訊問はこっちでやる」

「彼しか聞けないこともある」

岩屋が声を張り、両腕をひろげた。

「いい人だ」

声がして、小栗は視線を戻した。

「ああ」すこし胸が軽くなった。「会社はどうなる」

「心配ない。取引先の気心の知れた人にお願いした」

用意周到だったのか。ひと言は胸に留めた。

「社員らも心配ない。花摘のおかげで、取引先の人たちとの距離が近くなった」

石井が目元を弛めた。人を撃ったばかりの顔ではなかった。

――この会社はわたしひとりで稼いでいる。社員はアシスタント……それなら、むさくるしい男どもより、花のあるほうがいい――

初めて『ゴールドウェブ』を訪ねたとき、石井はそう言った。

真に受けたわけではなかったが、自分の思慮のなさにはがっかりする。

「思いだしたら、会社を覗いてくれ」

「役に立たたん」

「そうでもないさ」石井がにっこりした。「おまえ、あんがい人気がある」

言い置き、石井が立ちあがる。

「岩屋さん、面倒をおかけしました」

石井が頭を垂れた。

岩屋がそばに来て、石井の腕を取った。

二人が遠ざかる。

福西が近づいてきた。

「オグさん」

頼りない声がした。いまにも泣きだしそうだ。

「しけた面をするな」

「そんなこと言われても……」

「うるさい。行くぞ」

小栗は腰をあげた。

「どこへ」

「花摘」

ほかにない。涙を隠して酔いつぶれる。

──俺は、自分が負った疵に堪える心を持ってない──

俺もおなじさ。

石井が消えたほうにむかって、つぶやいた。

本書は書き下ろし作品です。
登場人物、団体名等、全て架空のものです。